KB093212

군인이 천사가 되기를 바란 적 있는가

군인이 천사가 되기를 바란 적 있는가

김 숨 소 설

차 례

군인이 천사가 되기를 바란 적 있는가   007

작품해설   152

작가의 말   165

1

흙을 땅에 묻어주었어…….

가다가다 떠올라. 남동생이 손을 흔들던 모습이 눈
에 선해…….

기차를 향해 손을 흔들며 소리 질렀어.

"누나— 빨리 갔다 와!"

기차를 타고 갔어. 초록색 유똥치마를 입고.

기차가 두만강을 건넜어.

나도 울 때가 있어…….

2

세상 글자들 중에 나는 '나'가 좋아.
나가 없으면 다른 것들도 없으니까.
나가 없는데 다른 게 있을 수가 없지. 나가 없는데,
뭐가 있을 수가 없지.

이 생生⁺에는 나가 세 개나 되네.

일평생에 걸쳐 겪어도 숨찬 걸 열세 살에 다 겪었어.
 열세 살 때 너는 뭐가 가장 갖고 싶었어? 나는
나…….

나가 있으니까 너도 있는 거야.

샘내지 마. 네게도 나가 있으니까.

새에게도 나가 있고, 돌멩이에게도 나가 있고, 나무에게도 나가 있고, 물고기에게도 나가 있어.

새에게 나가 없으면 하늘도 없겠지, 그럼 구름도.

물고기에게 나가 없으면 물이 없고.

너는 몇 개야?

내가 노래하면, 너도 노래할래?

나는 목포는 몰라도 「목포의 눈물」은 부를 줄 알아.

아무도 없었어.

내 고향은 북쪽이라, 남쪽에 피붙이 하나 없었어.

철새가 무리를 따라 날아가다 저 혼자 들판에 떨어진 거나 매한가지지.

노래밖에 없어서 노래를 불렀어. 나는 노래 부르는 사람이야.

✦ '페이지'라고 읽어도 된다.

노래 부르라고 하지 마.

나는 노래 부르는 사람이지만 남들 앞에서 노래하는 건 싫어해.

나는 혼자 노래를 불러.

졸려…… 나 안 잘래…… 밥 먹고 잘래…….

내가 노래하면, 너도 노래할래?

돌멩이도 입이 있을까.

어제는 내 입이 복되게 해달라고 빌었어. 그러게, 누구에게 빌었을까. 꿈에서도 날 안 찾는 엄마에게 빌었을까. 아버지에게 빌었는지도 몰라. 우리 아버지 이름은 길창봉…….

복된 입이 갖고 싶어.

복된 소리를 하는 입이 복된 입이지.

남에게 복된 소리를 하는 입이 사람 입이야.

나쁜 소리를 하는 입은 사람 입이 아니야.

그건 그냥 바람이 지나가는 소리.

발소리가 들리네. 누가 오나?

나는 날마다 기다려. 누가 안 오나 싶어서 졸다가도 마당을 내다봐.

내일도, 아무도 안 왔는데.

날아다니는 건 나무. 저 나무도 날아왔어. 나는 앉아 있는데 저 나무는 서 있네.

나는 친구를 기다려.

그냥 나하고 놀아줄 사람. 민화투 같이 쳐주고…… 늙을수록 친구가 있어야 해.

그냥 나하고 놀아주는 사람이 친구지.

매일 혼자 노니까. 혼자 잠들고, 혼자 깨어나고.

태어났을 때도 혼자…….

만주에 같이 갔던 친구들도 다 어디로 가버리고.

구구구구…… 그것도 복된 소리지. 먹이를 주려고 닭들을 모으는 소리니까.

자장자장…… 그것도 복된 소리지.

아기가 낳고 싶었어.

아기가 너무나 낳고 싶어서 내 얼굴이 아기 얼굴이 되었어.

3

나 말 안 할래.

불 켜지 마. 전기 아껴. 저기 햇빛이 아직 있는데,
햇빛이 아직 좋은데…….

나 말 안 하고 싶어.

말이 무서워.
사람은 하나도 안 무서워. 사람이 뭐가 무서워.
사람이 하는 말이 무섭지.
말 시키지 마.

입이 어디로 가버려서 하고 싶어도 못 해.

말을 하고 싶어도,

말할 데가 없었어.

오늘은 내가 몇 살이나 먹었을까. 오늘 아침에는 알았는데 까먹었어.

점심 먹으며 아침에 뭘 먹었는지 기억이 안 나니까. 저녁 먹으며 점심에 뭘 먹었는지 기억 안 나고.

여든 살은 됐을 거야. 여든두세 살쯤 됐을까.

누가 나보고 몇 살이냐고 물으면 열세 살이라고 했어.

그때 내 나이가 열세 살.

나 색깔은 사람 색깔.

나 우리 집 갈래.

우리 집 주소가 평안북도 평양시 서성리 76번지 26호……

그 집 말고 다른 집?

다른 집에 누가 사는데?

나는 나야.

나는 모르는 사람이지.

(앞에 놓인 사진을 들여다보며) 저 할머니*가 날 안 대? 나는 모르는데, 나는 모르는 사람…….

나하고 띠가 같아? 저 할머니는 어디 살아? 어디가 아파? 어디가 아플까…….

아무래도 나이가 있으니까.

나는 열세 살.

오늘은 바람 한 점 없네.

없다고 하니까 살짝 부네.

(손목에 찬 시계를 들여다보며) 네 시가 조금 못 됐네…… 네 시 13분 전이야.

내가 널 위해 빌어주면 너도 날 위해 빌어줄래?

나는 세 개.

내 손가락은 열 개. 아침에 세도, 저녁에 세도 열 개. 새끼손가락부터 세도, 엄지손가락부터 세도 열 개.

사람 손가락은 어째서 열 개일까. 아흔 해를 살았

어도 나는 모르는 사람.

아흔 해를 살고 며칠을 더 살아서 나는 모르는 사람.

열세 살에 집 떠나와 어디가 어딘지 모르고 떠돌아다녔어.

나는 밥 먹는 것밖에 몰라.

잠자는 것밖에 몰라.

어디가 어딘지 모르고 떠돌아다녀서 모르는 사람이 되었어.

뜻도, 이름도 없이 떠돌아다녔어.

혼자였어. 누구하고 같이 다닌 적 없어.

손가락 하나는 새에게 주고, 하나는 바람에게 주고, 하나는 시냇물에게 주고…….

나는 손가락 위에 앉아 노래하는 새를 갖지.

주는 게 갖는 거라고 할미꽃이 말했어.

할미꽃이 어떻게 생겼는지 몰라. 기억 안 나.

새에게는 어느 손가락을 줄까.

✦ 일본군 '위안부' 안점순(1928–2018).

15

내 손이 작아. 열세 살 때도 작았는데…….

이 손이 무슨 손인지. 식구같이 생각되는 사람만 보면 뭘 해 먹이고 싶어 안달이 나.

손가락들이 아주 신이 나, 춤을 춰.

이 손이 무슨 손인지, 아무 음식이고 맛이 달라져. 이 손이 무슨 손인지, 이 손으로 주물럭주물럭하면.

손맛은 음식에 스며들어가기 나름이야.

우리 엄마는 아무 때고 만두를 빚었어.

내가 태어난 곳은 평안북도 희천. 열세 살에 떠나와 산도, 들도, 강도 기억이 안 나.

만두는 꿩고기 다져 넣고, 두부 으깨 넣고, 부추 썰어 넣고…… 숙주가 빠지면 안 되지. 꿩고기가 돼지고기하고 비교가 안 되게 맛있지.

만두를 빚다 보면 친구가 올까.

만두를 빚어, 만두를 쪄.

나는 세 개, 친구는 네 개.

그게 내 셈법이야. 일곱 개가 있으면 나는 세 개를 갖고, 친구는 네 개를 주는 게.

이 손이 무슨 손인지, 이 손을 잡아주는 손이 없었어.

(거실 창유리 너머 빈 나뭇가지들을 올려다보며) 저 나무에 달린 잎보다 많은 손이 있었어도 내 손을 잡아주는 손 하나 없었어.

가만, 누가 들어오네.

4

나 우리 집 갈래.

우리 집이 없었어.

우리 집 주소가 평안북도 평양시 서성리 76번지 26호……

버스 타고 지나가면서 봤는데 집도, 동네도 어디로 가고 없었어.

없어.

뭘 달라고 기도한 적 없어.

나는 기도할 줄 몰라. 잊어버렸어.

나는 뭘 달라고 기도한 적 없으니까.

나는 세 개…… 나는 먹고 자는 것밖에 모르나봐.

1 더하기 1은?

나는 그런 거 몰라.

잠자는 거하고 먹는 거 중에 뭐가 더 좋다고 해야 할까?

자다 보면 먹고 싶고, 먹다 보면 자고 싶고. 그냥 먹고, 자라.

기도를 뭐라고 해야 할까.

먹고, 잠자는 게 기도야.

나는 매일매일 기도해.

(방 쪽을 빼꼼 바라보며) 내 방에 누가 있네.

누굴까?

(방에 대고) 누구세요?

요시모토 하나코…… 그 이름은 안 잊어버렸어.

누가 지어주었는지 기억 안 나…… 군인들이 나를 그렇게 불렀어.

뜻은 없을 거야, 아무 뜻도 없을 거야.

뜻도 없는 이름이 안 잊히네.

5

1 더하기 1은 몰라.

10 더하기 10도 몰라.

사과 한 개 더하기 참외 두 개는 같이 먹어요, 나만 아는 노래.

나무 한 개 더하기 거울 한 개는 나는 나를 사랑해.

새가 빠를까, 기차가 빠를까…….

기차보다 새가 빠를 거야. 새는 어디로 날아갔는지 모르게 사라져버리지만 기차는 가는 게 보이지.

새하고 시간 중에 뭐가 빠른지는 모르겠어.

새를 따라 시간이 날아갈까.

시계는 시간이 가는 것만 알려주지, 한 방향으로만 흐르지.

시계는 몰라, 시간이 거꾸로 흐르기도 한다는 걸.

내 시간은 열세 살을 향해 흐르는데 시계는 백 살을 향해 흐르네.

내일 내가 부르는 노래는, 오늘 흘러가버린 노래.

가만, 누가 들어오네.

친구도 안 왔는데 어스름이 내리네. 나하고 민화투 같이 칠 친구.

밭에 재를 뿌리듯 어스름이 내리면 애가 탔어. 집에 가고 싶어서, 집에······.

나는 밤이 싫어.

밤은 지우지. 나무도, 집도, 길도······ 내 얼굴도.

내 얼굴은 지우지 마!

피가 내 얼굴을 지웠어······.

열네 살이었을까, 열다섯 살이었을까.

군인이 뱀처럼 긴 칼로 내 머리를 내리쳤어.

정수리에 금이 가더니 피가 솟구쳤어.

내 얼굴을 지우며 피가 흘렀어.

그 피를 닦는 데 60년이 넘게 걸렸어.

밤이 되면 군인들이 왔어.

군인들만 왔어.

삭힌 콩잎 같은 군복을 입은 군인들이었어. 일본
말을 하고.

우리 집 주소는 평안북도 평양시 서성리 76번지 26
호⋯⋯.

한국전쟁이 나고 삼팔선이 생겨서 못 갔어.

평양이 버스로는 얼마나 멀까. 기차로는 금방일까.

걸어서 가려면 몇 날 며칠을 가야겠지.

없었어.

우리 집이 없었어.

여기가 우리 집이야. 내가 있는 데가.

나는 세 개.

너는 몇 개니?

아버지가 위독하시다는 편지를 받았어. 중국에 있
을 때.

그리고 아버지가 돌아가셨다는 편지를 받았어.

집에 갈 차비가 없었어.

차비가 있었어도 못 갔을 거야. 안 보내주어서.

전쟁 중이었어.

죽은 아버지에게 인사하는 것보다 군인과 자는 게
먼저였어.

아버지는 하나.

군인은 하나, 둘, 셋, 넷, 다섯, 여섯…….

군인은 셀 수 없어.

내가 태어난 곳은 평안북도 희천.

내가 대여섯 살 때 평양 시내로 이사를 나왔어.

큰오빠가 나를 이불 보따리 위에 태우고 시냇물을
건너던 게 생각나.

큰오빠 이름이 길원세…… 원세가 아버지 이름이

던가. 아버지 이름인지, 큰오빠 이름인지 기억이 안 나네.

내가 집 떠날 때 아버지는 집에 없었어, 감옥에 있었어.

"나 20원만 줘요!"

"우리 아버지 감옥에서 빼내오게 나 20원만 줘요!"

바보스럽다고 해야 할까, 어리석다고 해야 할까. 20원만 있으면 아버지가 감옥에서 나오는 줄 알았어.

하늘나라에서 아버지가 나를 기다리고 있을 것 같아, 작은 애가 20원 언제 가져다주나 하고.

"작은 애야―."

아버지는 나를 작은 애라고 불렀어.

내가 제일 작아서.

하늘나라에도 군인이 있을까.

군인이 있는 데면 나 안 갈래.

처음 만주에 갈 때 남자하고 자는 게 뭔지도 몰랐어…….

군인들이 아침에는 잘 안 오고, 오후부터 왔어…….

돈만 주는 게 아니라 기술도 가르쳐준다고 했어…… 거기…… 거기를 뭐라고 해야 하나.

아주 감쪽같이 속고 갔지.

간 날부터 아니야.

거기 간 첫날부터 아니야.

거기에 여자가 열댓 명 있었어…… 전부 조선 여자였어…….

같이 갔던 친구들은 다 어디로 사라지고 없었어. 나 혼자야…… 나 혼자…….

내가 친구들을 찾으니까 주인이 욕을 했어. 친구들은 뭐 하러 찾느냐고 화를 냈어.

나 다친 것만 기억나.

나 다치게 한 사람 얼굴은 기억 안 나.

날 때렸어, 군인이 날 때렸어.

옷을 안 벗는다고, 손바닥이 아니라 모과 같은 주먹으로.

내 나이 열세 살……

살아 나올 수 없는 데서 살아 나왔어.

여자들을 죽이는 건 못 봤어.

여자들이 자살하는 건 봤어.

칼로 자기 몸을 찔러서……

독한 여자들은 다시 살아나지 않았어. 섣부른 여자들만 살아났어.

살아나서 병신이 되었어.

나는 죽을 생각 같은 거 안 했어.

죽으려고 마음먹은 적 없어.

일자로 된 집이었어. 방이 여러 개였어.

나 기억 못해.

묻지 마.

묻지 마.

내가 만주에 갔다 왔어? 만주 갔다 온 것도 기억이
안 나네…….
만주가 어떻게 생겼는지도 몰라…….

만주 갔던 게 기억날 리 없지…… 기차 타고 간 거
같은데…… 기차 타고 한참 갔을 거야…….

몰라…… 열세 살에 집 떠난 것만 기억나…….
지금 남동생이 날 찾아와도 못 알아볼 거야. 엄마
가 찾아와도.
만주가 걸어서는 갈 데가 못 될 테니까 기차든 뭐
든 타고 갔겠지…….
집에서 기차 타러 나올 적에도 뭔가 타고 나온 것
같은데 뭘 타고 나왔는지 기억이 잘 안 나…….
평양역에서 기차를 탔을 거야.
평양역하고 서성리역 중간에 우리 고향 집이 있어.

남동생이 집 앞에서 소리 지르던 게 생각나…….

"누나— 빨리 갔다 와!"

6

만주가 북쪽에 있지. 멀지…… 나는 기차 타고 간
거 같아. 얼마나 오래 타고 갔는지는 몰라. 강도 건넜
을 거야. 보통강, 대동강, 두만강…….

북쪽에 있으니까 겨울에 춥겠지.

만주에도 아마 꽃이 필 거야.

세상에 꽃이 안 피는 데는 없으니까.

(검은 휴대전화를 손에 꼭 쥐고) 나는 전화할 데가 없
어…… 아무 데도…….

열세 살에 집 떠나와 집 없이 떠돌았어.

남자를 만나 살면 집이 생길까 싶었어. 그래서 노래를 부르다 만난 남자를 따라갔어.

한국전쟁이 나기 전이니까 내 나이가 스물한두 살…… 자기 주먹만 믿고 사는 남자였어. 그 남자 집에 갔더니 어린 아들 하나에 중풍 들린 엄마가 계셨어. 아내는 죽고 없었어.

집이 갖고 싶어 따라갔어. 집을 부수는 남자인 줄 모르고.

사람만 집을 부수지.

새들은 자기 집을 부수지 않아. 새들의 집을 부수는 건 비와 바람…….

벌들은 그냥 집을 두고 떠나지. 달팽이들도.

사람은 자기 집도 부수고, 남 집도 부수지.

집을 부수는 건 금방이지만 집을 짓는 데는 평생이 걸리지.

집을 부수는 남자를 만나 살면 꽃이 피는지도 지는지도 몰라.

꽃을 보면서도 꽃인지 몰라.

아기를 낳으면 아기가 집이 되어줄 것 같았어.

그래서 아기가 낳고 싶었어.

너는 아기가 있어?

7

(거실 창유리 너머 나무를 바라보며) 나뭇가지에 새가
앉아 있네. 새가 크네.

새가 까맣네.

까만 새를 아흔한 살이 되어서야 보네.

내 나이는 열세 살.

(어항 속 물고기들을 들여다보며) 물고기들이 노는 거
들여다보고 있으면 시간 가는 줄 몰라.

물고기는 내 곁에 있으니까 좋지.

새는 멀리 날아가버리니까 모르고.

우리 엄마에게는 내가 새…….

한국전쟁 끝나고 몇 년을 더 살았을 거야. 집을 부수는 남자하고. 그 남자가 나보다 몇 살 더 먹었는지는 기억이 안 나는데 그 남자 누나가 열두 살 더 먹은 건 기억이 나.

내가 1928년 용띠…… 그 남자 누나도 용띠. 그이가 서울에 살았는데 자기 동생 생일은 모르고 지나가도 내 생일에는 꼭 내려와 챙겨주었어. 대소변도 못 가리는 엄마 병수발을 내가 군소리 않고 하니까 고마워서 그랬겠지.

아들이 하도 망나니짓을 하고 다니니까 그 남자 어머니가 하루는 나보고 그러데.

나 죽으면 사모제도 보지 말고 가라, 어디 가서 좋은 남자 만나서 살아라.

소리가 들리네. 도마질 소리 같은데…… 뭘 저렇게 썰까.

썰고, 무치고, 볶고, 끓이고.

음식 만드는 소리는 노래와 같아, 노래와 달라.

노래는 항상 좋지.

음식 만드는 소리는 좋을 때도 있고, 안 좋을 때도 있고.

신이 나서 감자를 썰 때는 그 소리가 듣기 좋지. 화가 나서 썰 때는 듣기 싫고.

화내면서 만든 음식에는 젓가락도 대기 싫어.

내가 볶는 나물이 그냥 나물이 아니라 사람이 먹을 양식이다 생각하며 볶아야 해.

콩나물을 한 주먹 무치더라도.

나도 화가 난 채로 음식을 만든 적이 있을 거야.

음식을 만들다 그릇을 깬 적도 있을 거야.

간장게장은 소금으로 담가야지.

번데기는 몇 번을 씻어야 해. 번데기를 다라에 넣고 펄펄 끓는 물을 부어서 뒤적뒤적해 버리고, 또 펄펄 끓는 물을 부어서 뒤적뒤적해 버리고…… 번데기는 깨끗이 씻지 않으면 맛이 없어.

내가 번데기도 팔았어. 나는 아무도 없었으니까.

남쪽에 나 혼자였으니까.

서울 동대문시장에서 번데기를 한 가마니씩 떼다

팔았어.

버스를 타려고 번데기 든 가마니를 머리에 이고 달
릴 때가 가장 힘들었어.

남들이 모를 것 같지. 남은 남 일을 잘 알아.

마당 나무는 아직도 서 있어? 서 있지 말고 좀 누우
라고 해.

나 눈 뜨고 있을래.

내 나이가 아흔한 살…… 한 살…….

잔인하게 찔겨. 내 목숨이.

불을 끈 거야, 내가 눈을 감은 거야.

아무것도 안 보이네.

물고기들아 잘 자라, 나무야 잘 자라.

8

그런 짓을 안 했겠지.

내가 저희, 저희 딸이었으면.

결혼한 군인도 있었어. 자기 아내나 아기 사진을 부적처럼 몸에 지니고 다니던 군인도.

어떤 군인이 여자애에게 그랬대.

네가 예쁘고 착해서 일본에 데려가 같이 살고 싶지만 딸이 있어서 안 된다. 내 딸이 너하고 동갑이다.

그 군인은 살아서 고향 집에 돌아갔을까. 그랬으면 딸 얼굴을 봤을까.

오늘 밤에도 군인들이 오려나…… 군인들이 오는지 좀 내다봐…… 한둘이어야 당해내지……오늘 밤에는 제발 날 좀 안 잡아먹었으면 좋겠는데…… 술 먹은 군인이 가장 무서워…….

나 화장도 안 했는데.

군인들이 오면 나 없다고 해.

우리 엄마가 와서 데려갔다고 해, 죽을병이 들어서 죽더라도 고향에 가서 죽으라고.

군인들이 안 믿는 눈치면 그냥 죽었다고 해. 오늘 아침에 죽어서 땅에 파묻었다고.

소원이 뭐였더라.

곱게 시집가 아기 낳고 사는 게 소원이었을까. 마리아가 누구더라…… 모르겠네, 몰라.

마리아 남편은 요셉.

마리아가 아기를 가졌어!

(벽을 등지고 침대에 모로 누워 눈을 감고.)

엄마…….

엄마…… 나 좀 도와줘…….

(머리맡 둥근 손거울이 그녀의 얼굴을 비춘다. 그녀가
손을 뻗으면 닿는 곳에 주황색 빗, 성경책, 휴대전화, 분홍
색 천으로 만든 동전지갑, 플라스틱 물통이 있다.)

엄마…… 엄마…… 나 힘들어…….

엄마…….

열세 살 나를 가지고 놀던 군인은 몇 살이었을까.
문구점에서 산 병아리를 가지고 놀듯 나를.
나는 세 개.
내 살굿빛 부리를 으스러뜨렸어.
날갯짓 한 번 못 한 내 날개를 꺾었어.
개나리 꽃잎 같은 내 발가락을 뭉갰어.
큰오빠보다 나이가 들어 보이는 군인이었어. 아버
지보다도.
내 몸에서 피가 났어. 손바닥이 아니라 다른 곳에
서. 무르팍이 아니라 다른 곳.

태어나 한 번도 피가 나지 않았던 곳에서.

내가 무서워서 울자 나를 번쩍 들어 공중으로 던졌어.

나는 날아올랐다 군화를 신은 발들 앞에 떨어졌어.

군인들, 군인들만 왔어.

열세 살 때 죽었는데 아흔한 살이래. 죽은 사람도 나이를 먹어.

우리 엄마 이름이 김두칠…… 오늘은 엄마 이름이 생각나네. 깜깜하니 성도 생각 안 날 때가 있는데.

나는 엄마 안 기다려.

엄마가 보고 싶다는 생각도 안 해.

보고 싶은 게 뭔지 몰라.

남이지, 남남이지.

엄마니까 엄마라고 불러.

엄마를 만나면 물어보고 싶어.

도키와* …… 도키와라는 데였어. 군인들이 표를 가지고 왔어.

만주 가는 줄 모르고 갔어……

친구들 여럿하고…… 여럿이…… 친구들 얼굴……
기억 안 나…… 어떤 여자가 우리를 데리고 갔어……
할머니였어…… 평양역에 여자애들이 많았어……
내 또래 여자애들…… 나는 평양역에서 기차를 탔
어…… 서성리역에도 여자애들이 많았어…….

기차가 두만강을 건넜어…… 기차에서 내려 모두
뿔뿔이 흩어졌어…….

군인들만 왔다 갔다 하고.

엄청 추웠던 것만 생각나, 추웠던 것만.

위안소 주인 여자도 할머니였어…… 그곳에는 조
선 여자들만 있었어…… 한 열댓 명…… 스무 명쯤
될까…… 주인 할머니가 군인만큼 무서웠어…….

거기 간 지 얼마 안 돼서 요코네[2]에 걸렸어…… 열
이 무섭게 나고 사타구니 양쪽이 부어올랐어. 수술을
하면서 양쪽 나팔관을 막아놓았어, 아기가 못 들어서게.

+ 길원옥이 있었던 위안소.
++ 성병을 '요코네'라고 부르기도 했다.

나는 몰랐지.

그러니까 열다섯 살에 병신이 다 된 거야.

나를 남자에게 딸려 내보냈어. 군인인지, 군속인지, 처음 본 남자에게.

병이 안 나아 못 써먹으니까.

겁도 없이 남자를 따라나섰어. 고향 집에 데려다준 다기에.

남자가 나를 평양 집 근처까지 데려다주었어.

그때가 봄이었을까, 가을이었을까.

추웠어…… 추웠던 기억이 나…….

집에 돌아와서야 알았어,

내가 갔던 데가 만주였다는 걸.

집에 돌아와 총알 만드는 일을 하러 다녔어…… 돈 벌려고…… 우리 집에서 멀지 않은 데 총알 만드는 부대가 있었어…… 아침마다 노인, 아이 할 것 없이 부대 앞에 길게 줄을 섰어…… 나누어 주는 띠를 허리에 두르고 부대 안으로 들어가 총알을 만들었어…….

얼마나 다녔을까…….

다시는 그런 데 안 간다고 하고서 또 갔어…… 그
런 데…….

중국에 가면 돈 많이 번다는 말에 속아서…… 친구
하고 둘이…… 중국하고 만주는 다르니까…… 만주
거기 같은 데는 아니겠지 했어…… 거기 같은 데가
세상에 또 있을까 싶었어…… 남자가 우리를 데리고
갔어…….

얼굴도 기억 안 나는데 친구 이름이 기억날 리 없
지…….

중국에 갈 적에…… 1944년이었는지…… 1945년
이었는지…… 압록강을 건너갔어…… 그때도 기차
타고 갔어…… 집에 편지를 했어…… 어깨너머로 히
라가나 가타카나를 배워서…….

우리 집에서 멀지 않은 곳에 사과밭이 있었어.

친구 셋하고 사과밭에 놀러 가는데 웬 아줌마가 다
가와 물었어.

"너희들 어디 가니?"

"사과밭에 놀러 가요."

"너희들 공장 가서 일하지 않을래?"

"공장이요?"

"공장 가서 일하면 돈도 벌고, 좋은 기술도 배울 수 있을 텐데. 그럼 고생 하나도 안 하고 살 수 있는데."

그래서 갔지.

그때가 봄이었을까, 가을이었을까.

친구들하고 같이 갔어.

친구들하고 같이 갔다는 것만 기억나.

친구들 이름은 하나도 기억 안 나, 얼굴도.

어저께 잠잔 거밖에 기억 안 나.

몰라.

조금 있으면 내가 없어질 거라는 것밖에 몰라.

(낮고 무거운 숨을 내쉬며, 눈을 감고) 만주 갔다 온 것도 기억 안 나…….

그 말만 기억나,

그 말만.

"누나— 빨리 갔다 와!"

9

(새벽 두 시경, 방에서 걸어 나와 어둠을 향해)

엄마—!

엄마—!

엄마—!

엄마는 알았을 거야.

내가 어디에 가게 될지.

엄마가 치마저고리를 한 벌 해 입혔어.

중국에 노래를 부르러 간다니까 해 입혔을 거야.

복숭아 꽃잎색 천으로 저고리를, 초록색 천으로 유 뚱치마를.

새 옷을 입고 좋아했겠지, 난 어렸으니까.

아버지가 감옥에서 막 나오고 언니가 시집가서 집에 돈이 없었을 텐데, 엄마는 무슨 돈으로 치마저고리를 해 입혔을까.

엄마도 그건 몰랐을 거야, 군인 받는 데인 줄은.

노래 부르는 데인 줄 알았을 거야.

"엄마, 날 왜 보냈어?"

중국 갈 때는 압록강을 건넜어.

만주 갈 때는 두만강을 건넜고.

"엄마, 엄마는 왜 꿈에도 날 안 보러 와?"

(새벽 두 시경, 옆방 문을 부수듯 열고 손짓을 하며, 다

급하고 애가 타는 목소리로)

아기가 나왔어!

미역 내놔!

"엄마, 엄마는 나 안 보고 싶었어?"

"엄마, 엄마는 알았지?"

도키와로 가는 길에 하룻밤 묵은 데서 먹은 쌀밥하고 시금치된장국이 생각나. 세상에 왜된장 푼 물에 소고기를 몽땅몽땅하게 썰어 넣고 끓인 그 국이 얼마나 맛있던지, 눈물이 다 났어…… 나는 이렇게 잘 먹는데 엄마 아빠는 조밥이나 드시고 있겠지 싶어서. 오빠들도, 언니도, 동생도…….

중국에 나를 데려간 남자에게 물었어.
"내가 가는 데가 노래하는 집이에요?"
"술 파는 집 아니에요?"

"뭐 하는 집이에요?"

내가 자꾸 물으니까 남자가 화를 내며 말했어.

"술 파는 집이다!"

"나 안 갈래요."

"그럼 빚은 어떻게 갚을래."

(새벽 두 시경, 형광등 불빛 아래서)

날 데리러 왔어.

나도 모르는 사람이었어.

아주 예쁘게 차려입고 있었어. 나보고 그랬어. 어디

가자고.

아주 예쁘게 차려입고 있었어.

예식장…… 예식장에 가자고 했어.

그래서 나 옷 챙겨달라고 엄마를 찾았어.

나도 예쁘게 차려입고 예식장 따라가려고.

엄마―!

엄마―!

엄마—!

내가 미역 내놓으라고 했어? 아기가 나왔다고 했어?

아기를 낳은 여자에게 끓여 먹이려고 그랬겠지.

따라가면 안 되는데…….

열세 살에 내가 따라갔어.

거기…… 거기가 어딘지도 모르고 따라갔어.

불 끄지 마.

가지 마.

잠들고 싶지 않아.

예쁘게, 아주 예쁘게 차려입은 사람이 또 날 데리러 오면 어쩌지?

내가 또 따라가면 어쩌지?

10

내 목숨이 남에게 짐이 될까봐 걱정이야.

내가 살아 있는 게 남에게 고통이 될까봐.

내 얼굴도 까먹고, 내 이름도 까먹고, 내가 부르던 노래들도 까먹고…….

자꾸 잊어버려.

엄마가 생선 장사를 다니던 게 생각나네…… 내가 밤낮 부뚜막에 올라앉아 조밥을 짓던 것도. 언니는 시집을 가고, 엄마는 생선 장사를 다녀서 내가 밥을 했어. 몸이 작아놓으니까 고양이처럼 부뚜막에 올라앉아 조밥을 지었어.

조밥보다 보리밥이 맛있지.

조밥은 깔깔해서 맛있다고 할 수 없지.

엄마가 날 찾아와도 엄마인 줄 모를 거야. 엄마 얼굴을 잊어버려서.

엄마가 아주 미인이야. 외할머니가 잘 낳아놓았어. 눈매가 참 잘생겼어.

엄마 얼굴이 기억 안 나.

태어나 처음 집을 떠나던 날, 하늘이 맑았었나 흐렸었나……

내가 첫 번 만주 갈 때는 언니가 시집을 아직 안 가 집에 있었어.

그날 집에 누가 있었는지 기억이 안 나. 저녁이었는지 아침이었는지도.

날이 맑았을 것 같아.

나는 햇빛 나는 날이 좋아. 사람도.

햇빛 나는 날 같은 사람이 좋아.

예의 바른 사람은 맑은 날, 예의 없는 사람은 흐린 날.

손가락도 어떤 건 짤막하고 어떤 건 길쭉하지. 손가락도 그런데 사람이 다 같을 수 있겠어.

욕 잘하는 사람, 남 흉 잘 보는 사람은 피하며 살았어.

누가 돈을 꾸어가 안 갚아도 달라는 소리를 못 했어. 얼마나 어려우면 못 갚을까 싶어서. 갚을 마음이었으면 벌써 갚았겠지 했어.

갚을 때까지 기다렸어.

나하고 민화투 칠래?

남 흉이 하나면 내 흉은 열 개.

나 안 잘래, 잠들고 싶지 않아.
불 끄지 마.
누가 날 또 데리러 오면 어쩌지.
따라가면 안 되는데, 내가 어리석어서 따라가면.
우리 언니 이름이 길원주. 언니하고 네 살 차이 나.
작은오빠하고는 두 살.

큰오빠하고는 몇 살 차이인지 모르겠어. 큰오빠가 되게 무서웠어.

엄마, 엄마…….

"엄마는 알았어?"

아무 데도 가고 싶지 않아…… 꽃구경도 싫어.

나 우리 집 갈래.

나는 노래를 불러. 슬플 때도, 기쁠 때도, 심심할 때도, 원망스러울 때도.
새들이 날 가리며 우는 거 봤어?

한때 남들 앞에서는 노래를 안 불렀어. 숨어서 불렀어.
혼자 몰래 불렀어.
남들 듣는 데서 노래 부르는 게 흉 같아서.
내가 하는 건 다 흉 같았어.

요새는 아침에 한 일을 저녁에 잊어버리니까.

모자에게 말했지. 나는 나야.
나는 모자가 많아.

가만, 누가 들어오네.

나는 사람, 나는 여자.
구름은 자기가 구름이라는 걸 알고 흘러갈까.
도무지 안 되니까 도망 다녔어.
밥 먹으면서도, 화장하면서도, 잠자면서도. 나로부
터……

11. 답장

흙을 땅에 묻어주는데 여자들이 말하는 소리가 들려왔어.

"군인들이 총을 쐈어!"

"군인들이 총을 쐈어!"

"총알이 동생 목에 박혔어. 피가 울컥울컥 쏟아졌어."

"군인들이 수류탄을 던졌어. 엄마가 동생과 나를 자신의 배 밑에 숨겼어."

"군인들이 집에 불을 지르려 했어. 아기를 안고 있던 이모가 손을 들어 말리려 하자 군인이 이모의 배를 칼로 찔렀어."

"동생이 울면서 소리쳤어. 엄마, 죽었어? 엄마, 죽었어?"

"목이 말라 물을 마시니까 배에서 창자가 튀어나왔어."

"친척 집을 전전하며 식모살이를 했어. 사는 게 너무 힘들어서, 군인들이 그때 차라리 날 죽이지 했어."

"제사 때마다 죽은 사람들 소리가 들려."

내가 물었어.
"너는 이름이 뭐야?"
"응우옌 티 탄."✦

✦ 베트남전쟁 학살 생존자. 베트남 꽝남성 퐁니·퐁넛 마을 출신. 한국군에 의해 그 마을 주민 70여 명이 학살되었다.

"너는?"

"응우옌 티 탄."✦

"너희 둘은 이름이 같구나. 이름이 같으니 같은 꿈을 꾸기도 하겠구나."

"너희는 낮아질 대로 낮아졌으니 이제 높아질 일밖에 없겠구나."✦✦

✦ 베트남전쟁 학살 생존자. 베트남 꽝남성 하미 마을 출신. 한국군에 의해
   그 마을 주민 135여 명이 학살되었다.
✦✦ 2015년 4월 8일, 길원옥이 베트남전쟁 민간인 학살 피해자에게 보낸
   메시지 인용.

12

나를 창피해하는 사람들, 나를.

내가 창피하대.

엄마도 내가 창피할까, 창피해서 나를 안 찾았을까.
아무도 나를 안 찾았어, 아무도.
창피하니까 나를 안 찾는 거겠지 했어.
그래서 나도 나를 안 찾았어.
나는 셋.
나 색깔은 사람 색깔.

나도 내가 창피했어.

장충단공원에서였어. 웬 여자가 내게 슬그머니 다
가오더니 그랬어.

나 따라오면 새사람 만들어줄게.

새사람은 뭐고,

사람은 뭘까.

그 여자를 따라갔어.

새사람이 되고 싶어서가 아니라,

아무 데도 갈 데가 없어서.

그때 내 나이 열여덟.

물고기는 물고기, 새는 새.

사람은 사람.

사람들만 몰라,

사람이 사람인 걸.

따라가면 안 되는데…….

13

꽝꽝 언 링거.
안 죽어, 안 죽어.

이빨이 이빨을 치는 추운 날 자궁을 들어냈어.
의사가 링거 뒤에 얼굴을 숨기고 말했어.
나는 잘못한 거 없어.

점점 검어지는 내 몸을 흰 이불 속에 버려두고 의
사가 떠났어.

배가 자꾸 불러오고 냉이 터져 나와 병원에 갔어.

만주서 요코네에 걸려 수술할 때 양쪽 나팔관을 막아
놓은 게 탈이 나 자궁을 전부 들어내야 했어.

　뼈가 뼈를 치는 추운 날.
　안 죽어, 안 죽어.

　아흐레 만에 퇴원해 집에 있는데 새벽에 배가 너무
고파서 울었어. 주인집에서 들을까봐 이불을 뒤집어
쓰고 울었어. 눈물을 쏙 빼고 나니까 배고픈 게 가셨
어.

14

(아침 여섯 시 50분, 침대에 걸터앉아 거울을 들여다보며)

내 얼굴이 예뻤던 적이 있나?

내 얼굴이 예쁘다고 생각한 적 없는 것 같아.

어떻게 하면 얼굴이 예뻐 보일까, 생각 안 했어.

어떻게 하면 잘 살까, 그 생각만 했어.

굶지 않고 사는 게 잘 사는 거야.

인간이 하루 세끼를 먹고 산다는 게 말할 수 없이 어려운 일이야.

말할 수 없이 조심스러운 일이야.

먹는 게,

없애는 것이기도 하니까.

남들에게 손 안 벌리고 사는 게 잘 사는 거야.

남 원망 안 하고, 남 흉 안 보고, 남 손에 든 거 탐 안 내고.

나는 아침마다 거울을 봐.

얼굴이 얼마나 부었는지 보려고.

오늘은 좀 부었네.

아무 꿈도 안 꿨어. 꿈 같은 거 안 꾼 지 오래됐어.

보고 싶은 얼굴이 없어지면서 꿈도 없어졌어.

보고 싶은 얼굴이 꿈을 빚지,

얼굴들이.

노래를 몇 곡이나 불러야 오늘이 흘러갈까.

나는 서도소리밖에 몰라.

세상 노래를 다 알면 사람이 아니겠지. 신이나 신 비슷한 뭐겠지.

남도소리는 타령으로 나오는데 서도소리는 떠는 소리로 나와. 서도소리가 까다롭지.

경기도하고 충청도로만 돌아다녀서 남도소리를 못 배웠어.

목구멍 팔며 살 때…….

그때는 밤낮으로 사흘 내내 노래해도 목이 안 잠겼어.

서울 구로구 오류동, 경기도 김포, 포천, 안양, 안산으로 돌아다니며 목구멍을 팔았어.

그러다 부천까지 흘러들었어. 양조장 앞 영창옥이라는 술집에서 노래할 때는 내가 말도 못하게 젊었지.

그때까지만 해도 요코네 수술만 했을 때니까.

그런데 자궁 들어내고, 창자가 꼬였다고 해서 배째는 수술하고,

쓸개까지 떼어내고 나니까 목소리가 풀이 죽더라고.

입속 이가 전부 빠져도,

목소리는 안 변할 줄 알았어.

저 집은 낮인데 왜 불을 켜놓았을까?

흉 잡힐 만큼 아끼며 살았어.

나는 안 아까운 게 없어.

종이 한 장도, 물 한 방울도 아까워.

나는 화장 안 해.

도키와에 있을 때, 몇 신데 화장을 안 하고 있느냐고, 그 얼굴로 손님을 어떻게 대하겠느냐고 주인이 야단을 치고는 했어.

주인은 군인을 손님이라고 불렀어.

우리 여자들이 화장하고 홀처럼 넓은 방에 모여 있으면 군인들이 와서 여자를 골랐어.

군인이 가고 나면 또 군인이 왔어.

달아날 생각을 못 했어.

여자 하나가 달아나면 남은 여자들이 더 고통받았어, 나머지 스물아홉 명이.

어떻게 하면 주인 마음에 들어 고향에 갈까 그 생각만 했어.

그런데 아버지가 위독하시다는데도 집에 안 보내줬어.

아버지가 돌아가셨다는데도.

주인이 미웠어, 너무 미웠어.

아버지가 돌아가셨다는 전보를 받은 날도 군인들

을 받았어.

　미운 사람?

　나 그런 거 없는데.

　사람이 열 명 있으면 착한 사람이 아홉, 나쁜 사람이 하나.

　그래서 사람들이 살아갈 수 있는 거야.

　나쁜 사람 하나에게 받는 상처를 착한 사람 아홉이 보듬어주니까.

　군인들 중에는 착한 군인도 있었어.

15

나의 몸과 상한 맘 위로받지 못했다오…… 벌레만도 못한 내가 용서받기 원합니다.

벌레만도 못한 내가…….

저절로 노래가 나와, 제목도 모르는 노래가.

"물고기야, 네가 나보다 낫구나. 너는 시집도 가고, 자식도 낳고……."

나 시집 안 갈래, 시집가기 싫어.

나는 여자가 좋아.

남자들하고 살았던 적은 있어도, 시집간 적은 없어.
남편이 있었던 적이 없어.

나는 남자하고 애틋한 사랑을 못 해봤어, 진정한
사랑도.
못 해봤지만 사랑이 뭔지는 알아.
목포는 모르지만 「목포의 눈물」을 부를 줄 아는 것
하고 같아.

사랑이 뭐냐 하면 말이야…….

오늘은 날씨가 어떨지 모르겠네. 날씨가 변덕스러
워.
시집가고 싶을 때가 있고, 시집가고 싶지 않을 때
가 있고.
시집가면 남자 더부살이니까 안 가고 싶어.
노래를 몇 곡이나 불러야 어제가 흘러갈까. 내일은.

시집가도 자식은 못 낳았지.

양쪽 나팔관을 막아놓아서.

내 십자가는 나.

아기를 낳은 적도 없는데 아들이 있어.

부천에서 방 딸린 가게 얻어 만물상을 할 때.

어느 날 친구들이 찾아왔어.

"원옥아, 오갈 데 없는 여자가 아기를 낳았대."

"여자가 병원비를 못 내 의사가 탯줄을 안 잘라준대."

"원옥아, 네가 가서 좀 잘라줘."

"여자가 아기를 버릴 거래."

친구 하나는 쌀밥을 짓고, 다른 하나는 미역국을 끓였어. 나는 기저귀를 만들고.

자그마한 여자가 차가운 벽을 바라보고 누워 있었어.

아기는 그 여자 옆에서 천장을 바라보고 누워 있고.

여자가 미역국은 한 숟가락도 안 뜨고, 간장만 꾹 꾹 숟가락으로 찍어 밥에 묻혀서는 한 공기를 다 먹었어. 그 모습을 보고 여자가 아기를 버릴 거라는 걸 알았어.

제 앞가림도 못하는 내게 친구가 그랬어.

"원옥아, 네가 데려다 키워라."

이튿날 병원에 가 갓난아기를 담요에 둘둘 싸 집으로 데리고 왔어.

아기 엄마는 한복 한 벌을 해 입혀 보냈어…… 차비 하라고 돈도 조금 손에 들려주었고.

동네 사람들이 나보고 그랬어.

"힘 하나도 안 들이고 아들을 낳았네."

아들하고 먹고살려고 부천 자유시장 길바닥에서 옥수수도 삶아 팔고, 계란도 삶아 팔고, 번데기도 삶아 팔았어.

세상에, 내가 번데기까지 팔았네!

내가 부천에서 야채 장사를 했어? 기억이 안 나…….

그것 봐.

이것도 기억 안 나. 저것도 기억 안 나.

먹고살려고 야채를 팔았겠지…… 부천 집 주소는 벌써 잊어버렸어…….

내 고향 집 주소는 평안북도 평양시 서성리 76번

지……

근데 지금이 봄이야, 여름이야?

사흘 남겨두고서야 인간이 뭔지 깨닫는대, 인생이
뭔지.
죽을 날을 사흘 남겨두고서야.

16

벌써 30년도 더 전일 거야…….

인천에 살 때였어. 집에서 티브이를 보고 있는데 그 여자가 나왔어.

그 여자…… 김학순…….

그때 내 나이가 예순 안짝.

그 여자도 그 정도 먹어 보였어. 그 여자가 어려서 만주에 갔다 온 이야기를 했어.

티브이 속 그 여자를 빤히 쳐다보며 내가 그랬어.

"그래 봤자 네 얼굴에 침 뱉기다."

"그런다고 청춘이 돌아오냐?"

"그런다고 시집을 갈 수 있냐?"

"그런다고 자식을 낳을 수 있냐?"

그 여자가 창피했어. 원망스럽고 한심했어. 그게 무
슨 자랑이라고 티브이까지 나와 그 이야기를 하나 싶
었어.

나는 남들 앞에서 노래도 안 불렀어.

내 과거를 눈치챌까봐.

너도 내가 창피해?

나도 만주 갔다 왔어…….

그 말을 못 할 줄 알았어.

죽을 때까지.

죽어서도.

내 얼굴에 침 뱉는 얘기니까.

그런데 어느 날 내가 말하고 있었어.

나도 만주 갔다 왔어…….
군인들, 군인들만 왔다 갔다 했어.

만주가 어떻게 생겼는지 몰라.
엄청 추웠던 것만 기억나, 추웠던 것만…….

만주에서 그냥 사람 구경은 못 했어.
군인들 구경만 했어.

나는 아무것도 모르는 어린애.
꽃이 예쁘지, 꽃은 해코지를 안 하니까.

17

나도 만주 갔다 왔어, 이 말을 하고 나서 아무도 안 만났어.

누가 만나자고 해도 안 만났어.

만주에서 돌아와서는 평양 집으로 갔어.

중국에서 돌아와서는 못 갔고.

(손목에 찬 시계를 들여다보며) 지금 시간이…….

내가 달라고도 안 했는데 시계를 주었어.

나하고 가까운 사람이자 내가 모르는 사람.

나는 세 개, 시계는 네 개.

(새벽 네 시경, 숯덩이처럼 검고 오래된 휴대전화를 손에 꼭 붙들고)

"전화했어?"

"전화했어?"

가만히 있는데 군인들이 날 때렸어.
군인들에게 받은 거 없어, 받고 싶지 않아.
자신들이 가지고 있는 땅을 다 준다고 해도 안 받고 싶어.

나 바빠. 내 직업은 화투 치기야. 글씨도 써야 하고.
어려서 글씨를 못 배웠어. 커서도. 어깨너머로 남들 쓰는 거 보고 익혔어.
평양 집을 그림으로 그려보고 싶어도 못 그리겠어.
지붕도 생각 안 나.

큰 집은 아니었을 거야, 작은 집이었을 거야.

아빠, 엄마, 큰오빠, 작은오빠, 언니, 나, 남동생……
밤이 되면 온 식구가 한 이불 속에 들어가 잠들었어.
내가 어릴 때 행복했을까.

행복이 뭔지 모르겠어…….

10원이 중요해.
서른 살 넘어서까지 10원 노래를 부르고 다녔어.

나는 오늘이 가장 행복해, 나는 셋.
감사해하는 게 행복한 거야.

나는 평화를 공부할 거야.

나 늙었어?

나만 늙어…….

왜 나만 늙을까?

내가 창피해?

나는 하나도 안 창피해.

나를 창피해하는 사람들이 창피하지.

나를 창피해하는 사람들…….

 우리 집 주소가 서울특별시 평양시 서성리 76번

지…….

18

어느 날 군인들이 싹 없어졌어.

위안소 주인도 어디로 가버리고 없었어.

일본이 패망하고 조선이 해방된 줄 몰랐어. 아무도 알려주지 않았어. 나이 든 여자들이 자기들끼리 쑥덕거리는 소리를 듣고 알았어.

해방됐다고 했어.

그게 무슨 소린지 몰랐어. 열여덟 살이면 적은 나이도 아닌데.

언니들하고 밥을 해 먹으며 지냈어. 며칠이 지났을까. 멍청히 창밖 거리를 내다보고 있는데 사람들이 서둘러 걸어가면서 자기들끼리 말하는 소리가 들려왔어.

"요번 배가 마지막 배다."

"요번 배를 놓치면 고향에 못 간다."

긴 꿈에서 깨어난 것처럼 퍼뜩 정신이 났어.

내 신발인지 남 신발인지, 발에 걸리는 대로 신고 나왔어.

사람들을 따라갔어, 아무 소리도 않고 그림자처럼……

어린애가 하나 있었어. 네 살쯤 먹었을까.

나도 모르게 어린애 손목을 잡았어, 꼭 잡고 걸어갔어……

한참을 걸어가니까 배가 있었어. 3천 명 정도 탈 수 있는 큰 배가.

어린애 손목을 잡고 삼켜지듯 배 안으로 들어갔어.

내 고향 평양에 가는 배인 줄 알았어. 인천 가는 배라는 걸 나중에 알았어.

인천에 도착했는데도 배에서 내리질 못했어. 장티푸스인지 콜레라인지 전염병이 배 안에 돌아서.

보름 만에 배에서 내리는 내 몸에 흰 소독약 가루를 뿌렸어. 주먹밥 한 덩이를 주길래 그걸 받아 들고 군용트럭에 올라탔어.

트럭이 나를 데려다 놓은 데가 서울 장춘단공원이었어.

배에서 씻지도 못하고, 옷도 못 갈아입어서 남 옆에 가기가 민망할 만큼 냄새가 심했어. 사람 꼴이 아니었어.

가만히 넋 놓고 앉아 있는데 웬 여자가 다가오더니 물었어.

"너 어디서 왔니?"

내가 아무 말도 않으니까 그 여자가 그랬어.

"너 갈 데 없으면 나 따라 우리 집에 갈래? 가서 말 잘 듣고, 시키는 일 잘하면 새사람 만들어줄게."

그래서 그 여자를 따라갔어.

그 여자가 나를 목욕시키고 속옷부터 겉옷까지 새것으로 갈아입혔어.

새사람이 된 나를 방으로 들여보냈어.

방에서 술 마시고 있던 남자들이 내게 노래를 시켰어.

내 음성이 고우니까 계속 노래를 시켰어.

그래서 계속 노래했어.

술 따라주는 데로, 노래 부르는 데로 떠돌아다녔어.

나 자고 싶어.

엄마, 나 잘게……

나 말 안 하고 싶어.

나 말 못 해, 나 말 못 했어.
약해서, 여자라서.

몰라.

몰라.

나는 아침 먹고, 점심 먹고, 저녁 먹는 거밖에 몰라.

노래하고, 잠자고.
물은 쏟으면 주울 수 없어.

내가 열세 살이라는 것밖에 몰라.

사과가 맛있다는 것밖에 몰라.

세상에 꽃이 안 피는 데가 없다는 것밖에 몰라.

세상에 착한 사람이 더 많다는 것밖에 몰라.

나쁜 사람보다 착한 사람이 더 많으니까 살지, 살아나가지.

내 세계가 조금 있으면 없어질 세계라는 것밖에 몰라.

조금 있으면 내가 없어질 거라는 것밖에 몰라.

지금 아무 기억도 안 나…… 기억나는 게 있어야지…… 묻어두려는 게 아니라 기억이 하나도 안 나…… 때에 따라서 아무 기억이 안 나다가 별안간 기억이 날 때가 있어…….

(고개를 끄덕이며) 기억이 안 나…….

가진 게 노래뿐이었어.

그래서 노래했어.

가다, 가다 잊어버려서 세상을 살 수 있었어.
여태 살 수 있었어.

그만 가고 싶어…… 그만 끝났으면 좋겠어……
그립던 때도 있었겠지.
지금은 그리운 것이 하나도 없어.
하고 싶지 않았어, 그래서 말 안 했어.
별반 좋은 이야기가 아니니까.

나 부끄러워.
나 안 부끄러워.

(아주 희미한 목소리로) 말을 하면 아픈 데가 더 아
파.

아픈 건 똑같아.
몸에 난 상처나, 마음에 난 상처나.

어떻게 하면 잊을까, 그 생각만 했어.
그래서 내가 지금까지 살아 있는 거야.

부끄럽냐고?

그렇게 물어보는 게 부끄러운 거야.

19. 마르바 알-알리코*에게

아프지?

너 아픈 거 내가 잘 알아…….

아파도 말해야 해.

*

기차역 대합실에서 여자를 만났어.

✦ 이라크 소수민족인 야지디족 여성으로 IS(이슬람국가) 성노예 피해자.
2017년 5월 28일 길원옥은 베를린에서 마르바 알-알리코를 만났다.

낮이었어. 밤은 아니었으니까.

처음에는, 맨 처음에는 나 혼자 있었어.

기차역 대합실에 나 혼자인 게 이상하지 않았어. 무섭거나 쓸쓸하지도.

나는 늘 혼자였으니까.

내 옆 의자가 비어 있었어.

나는 기차를 기다렸어.

그냥 기차…….

나는 어디로 가는 기차를 기다렸을까.

기차가 몇 시에 올지 몰랐어.

아무도 내게 기차가 몇 시에 오는지 알려주지 않았어.

기다리다 보면 기차가 오겠지 했어.

키가 제법 큰 여자가 발소리도 없이 걸어오더니 내 옆 빈 의자에 앉았어.

내가 기다리는 기차를 여자도 기다리는 것 같았어.

여자도 기차가 몇 시에 오는지 모르는 것 같았어.

여자 머리카락이 밤처럼 검었어. 가운데 가르마를 타고.

눈썹은 초승달 모양이고, 크고 쌍꺼풀진 눈이 순해 보였어.

수줍게 웃을 때마다 박꽃 같은 이가 드러났어.

길고 검은 눈썹을 깜박깜박.

피부가 호두 빛깔이었어.

여자의 머리카락을 빗겨주고 싶었어.

내게 빗이 있었으면 빗겨주었을 거야.

모르는 여자의 머리카락을 빗겨주면 어때.

기차가 오지 않았어. 그래서 노래를 불렀어. 내가 가진 건 노래뿐이니까.

그리고 사탕 한 알.

"어느덧 70년이 지났어, 무섭고 끔찍한 전쟁이 끝난 지 70년이 지났어…… 엄마…… 엄마……."

내 노래를 가만히 듣던 여자가 울기 시작했어.

눈가에 고이는 눈물을 손등으로 가만가만 훔치더니 말을 하기 시작했어.

내가 생전 처음 들어보는 말이었어.

일본 말도, 중국 말도 아니었어.

말을 하는 여자의 얼굴이 불그스름하게 달아올랐어.

한순간 여자의 두 눈동자가 어딘가를 바라보았어.

나는 여자를 바라보고.

나는 사탕을 입으로 가져갔어.

내 입속에서는 사탕이 녹고, 여자의 입속에서는 말이 녹고.

대합실 흰 벽에 둥근 시계가 걸려 있었어.

시계가 세 시 10분을 지나고 있었어.

째깍 째깍 째깍 한순간 여자의 눈동자가 나를 향했어.

기차가 오지 않았어.

어떤 여자가 슬그머니 다가오더니 내 귀에 대고 속삭였어.

"저 여자의 고향은 중동 이라크 산지르래요.

여자의 고향에서는 야즈단이라는 신을 믿는대요. 야즈단은 자신이 창조한 세상에 관심이 없어서 일곱 천사에게 세상을 맡겨버렸대요. 그래서 여자의 가족

들은 공작새처럼 생긴 일곱 천사들을 숭배하고, 태양을 향해 하루에 두 번 기도하며 평화롭게 살아가고 있었대요.

그런데 어느 날 총칼로 무장한 군인들이 여자가 사는 마을에 몰려와 남자들을 전부 죽였대요. 여자와 여자의 자매들을 끌고 가 겁탈하고 군인을 만들거나 노예시장에 내다 팔았대요. 말을 듣지 않으면 쇠사슬로 발목을 묶어 태양 아래에 놓아두었대요. 죽은 쥐가 떠다니는 물을 마시게 하고, 유리조각이 들어 있는 음식을 먹였대요.

군인들이 여자의 어린 남동생 손에 칼을 들려주며 말했대요.

'그 칼로 네 엄마를 죽여라.'

여자는 노예가 되어 이리저리 팔려 다니다 도망쳐 이곳까지 왔대요.

여자의 자매들은 여전히 노예시장에서 팔려 다니고 있대요.

여자는 모르겠대요.

여자의 할머니는 마른 땅 위에 불을 피우며 손녀들에게 말하고는 했대요.

'악마도 신 앞에서 눈물로 회개하면 천사가 될 수 있단다.'

여자는 할머니에게 물어보고 싶대요.

남동생 손에 칼을 들려주며 엄마를 죽이라고 한 군인도 회개하면 천사가 될 수 있는지……"

나는 고개를 흔들었어.

거짓말일 거야, 거짓말이 아닐 거야.

꽃이 있으면 꽃잎을 한 잎 한 잎 따며 묻고 싶었어.

거짓말일 거야, 거짓말이 아닐 거야…….

진실은 꽃잎에게 맡기고 싶었어.

세상 사람들은 우리 말도 믿지 않으려고 했어. 열서너 살이던 우리 몸에 군인이 열 명, 스무 명, 서른 명씩 다녀갔다는 걸.

아기를 갖지 못하게 수은을 먹이기도 했다는 걸, 자궁을 들어내기도 했다는 걸.

전쟁에서 지자 우리를 야산으로 끌고 가 죽이기도 했다는 걸.

어린 남자아이의 손에 칼을 들려준 군인들에게도

엄마가 있겠지.

그 칼로 네 엄마를 죽여라, 하고 말한 군인에게도.

엄마가 없는 사람은 없으니까, 엄마에게도 엄마가
있으니까.

여자의 할머니를 만나면 물어보고 싶어.

겨우 열세 살이던 내 옷을 찢은 군인도 잘못을 뉘
우치고 눈물을 흘리면 천사가 될 수 있는지.

아이들을 죽인 군인도 천사가 될 수 있을까?

대합실에는 여자와 나뿐이었어. 기차가 오지 않는
데도 마음이 조급하지 않았어.

내가 여자에게 물었어.

"아프지?"

"아플 거야…… 나도 많이 아팠거든."

여자가 아무 말 없이 나를 바라보기만 했어.

"아파도 참아."

"참고 기다려……."

여자가 얼마나 아플지 내가 잘 알지. 여자가 당한 일을 나도 당했으니까.

"말하고 싶지 않지?"

"나도 말하고 싶지 않았어."

"아무 말도 하고 싶지 않았지만 했어. 나처럼 아무 것도 모르고 그 끔찍한 일을 당하는 여자가 또 있으면 안 되니까."

"내가 말하지 않으면 아무도 모를 테니까."

"내가 참으라는 것은 아픔을 참으라는 뜻이지 말을 참으라는 뜻이 아니야."

"말해야 해. 그래야 사람들이 알지."

기차가 오지 않았어. 밖에서 사람들이 떠드는 소리
가 들려왔어.

"부끄러워하지 마."

"네가 죄를 지어서 그런 일을 당한 게 아니야."

"네가 벌을 받아서 그런 일을 당한 게 아니야."

"네 잘못이 아니야."

사람들이 우르르 대합실로 몰려왔어. 여자와 나를
안개처럼 둘러쌌어.
뜨겁게 달아오른 선로로 기차가 달려오는 소리가
들려왔어.

여자와 나는 같은 기차를 탔을까?

나는 일흔한 살이 되어서야 말을 했어.

20

노래는 불러도 노래, 안 불러도 노래.

물고기도 노래하는지 모르겠어.

안 부른다고 노래가 사라지는 건 아니지만 노래는
불러야 제맛이지.

노래는 부르라고 있는 거니까.

좋은 말은 입속에 가두어두면 안 돼, 해야 해.

그 말을 들은 사람이 다른 데 가서 전하게.

좋은 말은 돌림 노래가 되어 떠돌고, 떠돌아야 해.

나쁜 말은 입속에 가두어둬, 소금처럼 녹아 없어질
때까지.

(어항 속 물고기들을 들여다보며) 한 마리, 두 마리, 세 마리…….

내가 세수했나?

작은 물고기들도 있는데 내가 세려고 하면 달아나.

몸뚱이가 삐딱한 물고기가 한 마리 있네.

싸웠나? 싸웠다고 몸이 삐딱하게 되나?

삐딱한 물고기가 전에도 있었어? 나는 처음 보는데.

몰라, 물고기 몸이 저렇게 삐딱할 수가 없는데.

기특해라, 몸이 삐딱해도 잘 돌아다니네.

"물고기들아 싸우지 마."

"물고기들아 다치지 마."

물고기들도 싸우겠지.

왜 싸우는지 모르겠지만.

나도 싸운 적이 있을 거야.

사람이 일생을 살면서 어떻게 한 번도 안 싸울 수 있겠어.

사람이니까 싸우는 거겠지, 지나고 보면 뭐 때문에
싸웠는지 모르지.

물고기가 착한지, 안 착한지 모르겠어. 내가 물고기
가 아니니까.
새가 착한지 안 착한지도 모르겠네.

착한 사람이 좋지.
괜히 쓸데없이 남에게 나쁘게 안 하는 사람이 착한
사람이지.
사람이 열 명 있으면 착한 사람이 아홉, 나쁜 사람
이 하나.
밤에는 자느라고 물고기들을 못 봐.

사람이 무서워?
사람이 뭐가 무서워.
사람이, 사람이 무서우면 안 되지.

사람이 무섭지.
세상에서 사람이 가장 무섭지.

사람은 사람을 해치니까.

사람이 뭐가 무서워, 나는 하나도 안 무서워.

군인이 내 치마를 찢었어.
생리 때는 나를 내버려두겠지 했는데 생리 때도 군인을 방에 들여보냈어.
생리 피가 묻어 요가 벌겋게 되었어.
요를 접어가면서 군인을 받았어.

죽지 않을 만큼 때렸어.

죽으면 군인을 못 받으니까.

나 괴롭힌 사람?

나 괴롭힌 사람 없는데······.
나를 힘들게 한 사람도 없어.
아무리 생각해도 없어,
이 세상에 한 명도 없어.

말하자면 나는 원수진 사람이 없어.

하루도 몸이 성한 날이 없었어…… 약으로, 약으로
버텼어…… 목숨이 끊어지지 않으니까.
병신으로 살았어.

내 나이가 여든하나, 내가 가장 어려.
올해는 열한 명.✦
작년에는 열세 명.
그렇게 자꾸 죽어.
어느 날 다 죽고 없겠지.
나도 죽고 없겠지.

죽었어?

누가?

일본에 사는 할머니? 그 할머니는 나이가 어떻게

✦ 2008년 별세한 일본군'위안부' 명수를 길원옥은 그렇게 기억하고 있다.

되는데? 아흔여섯? 나보다 여섯 살이나 많네.

송신도?

그게 그 할머니 이름이야?

내가 아는 할머니야? 만난 적도 있어?

얼굴을 보면 기억날까?

얼굴을 봐도 기억이 안 나면 어쩌지?

아, 죽어서 얼굴을 못 보겠네.

스스로 목숨을 끊는 여자들을 보았어.

군인과 할복자살한 여자들도.

군인에게 살해된 여자들도.

나는 죽지 않았어.

총알이 소낙비처럼 떨어지는 전쟁터에서도 살아나왔어.

나는 죽는 것만은 싫었어.

함녕咸寧 위안소에 있을 때 미네부대 군인이 찾아와서 그랬어.

전쟁이 끝났다, 나하고 결혼해 일본에 돌아가 살자.

군복을 벗은 군인과 부부로 위장하고 송환선을 타러 갔어. 어떤 여자가 군인에게 자신의 아기를 맡겼

어. 아기가 있어서 군인으로 의심받지 않고 송환선에
오를 수 있었어.

군인이 아기를 바다에 던졌어, 말똥말똥 눈을 뜨고
쳐다보는 아기를……

일본 땅에 발을 내딛자마자 군인이 나를 버리더군.

그때 처음으로 죽으려고 했어.

달리는 기차에서 뛰어내렸는데 안 죽었어.

일본 땅에서 내가 아는 사람은 군인뿐이었어.

그래서 군인 집을 찾아갔어.

군인이 내게 돌을 던지며 그러더군.

미군들에게 몸 파는 양공주라도 해라.

수십 년이 흘러 그 군인의 소식을 들었어. 여자를
강간하고 살해한 죄로 사형장으로 끌려갔다고 했어.

지진⁺ 속에서도 나는 죽지 않았어.

키우던 강아지를 배낭에 넣어 짊어지고 살아 나왔어.

나는 죽는 것만은 싫었어.⁺⁺

⁺ 2011년 발생한 동일본 대지진. 당시 미야기현에 살던 일본군 '위안부' 송
  신도(1922-2017)는 지진이 나고 연락이 두절된 지 이레 만에 생존이
  확인되었다.
⁺⁺ '재일조선인위안부재판을 지원하는 모임'에서 펴낸 자료집 『나의 마음
  은 지지 않았다』 참고, 인용.

하루하루가 행복해.

행복하니까 심심하지.

심심하니까 민화투 치지.

민화투 치면 시간이 잘 가.

몇 명, 몇십 명이 아니야, 수백…… 수천…… 수만 명이었어…….

우리 중에 성해서 나온 여자가 한 명도 없었어.

이 순간에도 사람이 태어나고, 사람이 죽지.

나는 죽을 생각 같은 거 안 했어.

그래서 지금까지 살아 있나봐.

21. 밀짚모자

밀짚모자가 두 개.

내가 다 가질래.
나는 받는 건 잘 해도 주는 건 잘 못 해.
뭘 줘보지 않아서, 주는 걸 잘 몰라.

밀짚모자 안에 꽃이 들어 있네.

(앞에 한 움큼 놓인 붉은 꽃잎을 보며) 보랏빛깔이네.

멀리서 온 꽃이야, 멀리서⋯⋯.

(밀짚모자를 머리에 쓰고) 나 밀짚모자 썼는데 어디 안 데려가?

(장미꽃을 앞에 두고) 무슨 꽃인지 모르겠네…… 국화…… 몰라…… 언제 피는지…… 매화…….
내가 꽃을 좋아하는지 싫어하는지도 모르겠네.

꽃에서는 꽃 냄새가 나고,
내게서는 밥 냄새가 나고.

꽃이 세 송이.
꽃도 있을 만큼만 있어야 해.

내 밀짚모자 누가 가져갔어?

(식탁 모서리에 놓인 밀짚모자를 보며) 누구 거야?

나는 밀짚모자 쓸 때가 한참 지난 거 같은데.

임자 없는 밀짚모자네.

밀짚모자 임자가 누가 될지는 나도 모르지.

쓰는 사람이 임자야.
밀짚모자니까.

(밀짚모자를 머리에 쓰고) 내 머리에 올라앉아 있어
도 내 게 아니야.
내 밀짚모자가 아니니까.
남의 것은 아무리 좋아도 탐이 안 나.

내가 가진 걸 누가 탐내면 나누어 가져야지. 그 사
람을 도둑놈 만들면 안 되니까.

시계는 나누어 가질 수 없는데…… 한 개뿐이라.

22

물고기에게도 내가 보일까?
물고기 눈은 검은색, 아주 검은색은 아니야.

내 눈은 하얗고 검고.
세상에 신기하지 않은 게 없지, 다 신기하지.

나는 나에게 성실하려고 애썼어,
나를 잊으려고.

고마운 일을 했어야 했는데 못 했어.

너무 많이 먹어서 배가 밤낮 점점 커져.

지금 시간은 다섯 시 14분.

(발에 신은 양말에 묻은 밥알을 떼며) 내일 먹으려고 붙여놓았어.

나는 1928년생이야…… 신촌에 살아…… 집 주소는 서대문…… 평양시 서성리 76번지…… 우리 아들 이름이 길원세…… 길원도…… 길원숙…… 길창봉…….
우리 아들 이름이 원도…….

너는 이름이 뭐야?

내가 나에게 그래.

"원옥아, 조금씩 먹어라. 늙어 배 많이 나오면 힘들다."

기분은 항상 좋지, 심심할 때도 있지.
곁에 아무도 없고 혼자 있으면 심심하지.

나는 누가 가는 게 싫어.

서로 헐뜯지 않고 사랑하면서 사는 게 평화야. 해
코지 않는 게.
딴 게 평화가 아니야.

내가 죽어야 영혼이 뭔지 알겠지. 아직 안 죽어서
모르지.

착하게 사는 사람이 천사야.

(테두리가 빨간 손거울을 들여다보며) 늙은 할머니가
보이네…….
전에 얼굴이 하나도 없네. 전에 얼굴은 그래도 밉
다 소리는 안 들었는데 늙으니까 밉네…… 10년만
젊어지면 참 좋겠는데…….
사람은 시기, 질투가 없어야 편안해.

철마다 꼬불꼬불 파마를 했는데. 미장원 가서 5천원, 만 원 주고.

어느 날부터인가 파마 안 해. 우리 엄마, 아버지가 준 머리가 좋아서.

저기에 원옥이가 있네.

여기에도.

끝도, 마지막도 없는 게 사람이야.

23

나는 장롱이야, 의자야, 창문이야, 접시야, 컵이야, 빗이야, 칫솔이야.

나는 그냥 물건이라고 해야 할까.

나는 먹고 잠자는 거밖에 모르니까, 기도도 할 줄 모르니까.

부천 자유시장에서 장사할 때, 번데기 팔고 그럴 때, 내가 새벽마다 기도했다는데…….

나는 모르는 사람.

나는 뭐 달라고 기도한 적 없어.

"나 10원만 줘요!"✦

"나 10원만 줘요!"

벌금 10원만 내면 아버지가 감옥에서 나오는 줄 알고 소리치고 다녔어.
어리니까, 창피한 것도 모르고.
어려서부터 내가 바보스러운 데가 있었나봐.
나, 참 바보야.
그때 돈 10원이 지금 만 원보다 크지.
우리 집 바로 뒤에 감옥이 있었어.

"작은 애야—."
아버지가 밥을 드시다 말고 나를 부르고는 했어.
엄마가 그 소리를 듣고 애는 왜 부르냐고 하면 아버지가 그랬어. 심부름 시킬 게 있어서 그런다고.
아버지 왜요? 하고 내가 가면 아버지가 숟가락으로 조밥을 헤치고 그 밑에 있는 쌀밥을 퍼 내게 먹였어.

✦ 길원옥은 아버지를 감옥에서 빼내오는 데 드는 벌금 액수를 때로는 20원으로, 때로는 10원으로 기억하고 있다.

엄마가 아버지에게만 쌀밥을 드렸어. 자식들은 조밥을 주고.

아버지가 내 입에 담배를 물려주던 게 생각나.

내가 횟배를 자주 앓았어.

담배를 피우면 그 연기가 독해서 회충이 죽는다고 했어.

아버지가 평양 암동에서 고물상을 했어.

어느 날, 학교 갔다 오니까 야단이 났어. 아버지가 도둑놈 물건을 사 붙잡혀 가서.

아버지가 감옥에 가 학교를 더는 못 다녔어.

누가 나를 권번에 넣어주었어. 누구였는지는 기억이 안 나.

옛날에는 채 맞은 기생, 안 맞은 기생을 구별했어. 권번 졸업한 기생을 채 맞은 기생이라고 했어.

권번에서 서도 조금 배웠어, 뜻도 모르고 배웠어.

오른손 엄지손가락이 생인손을 앓아서 장구를 못 치게 되었어. 그래서 권번에도 못 다니고.

20원만 있으면 아버지를 감옥에서 나오게 할 수 있

는 줄 알았어.

그래서 20원 벌러 갔어…….

우리 집 앞에 푸줏간이 있었어.

푸줏간 아줌마가 나를 권번에 넣어준 것 같아……

만주에도 그 아줌마가 가라고 한 것 같아…….

모르겠어…… 기억이 안 나…….

그리워…… 다시 안 오니까.

내가 노래하면 너도 할래?

나는 혼자야.

사람이 혼자라는 게 아무래도 안 좋지.

사람은, 사람들하고 살아야 사람이야.

혼자라는 거…… 그건 혼자였던 사람만 알아.

사람 곁에는 사람이 있어야 해.

사람이 곁에 있다고 다 좋은 건 아니야.

곁에 있으면 좋은 사람이 있고, 안 좋은 사람이 있고.
오늘은 내 손이 차네.
지금 시간이 열 시 35분.

가지 마…….

가지 마…….

그냥 내 등에 붙어서 자…….

뼈아픈 일…….

하고 싶은 말이 안 나와…… 하고 싶은 말이 많았
는데 하려니까 안 나와…… 왜 그런지 모르겠어.

사는 건 겁 안 나.
아픈 게 겁나.

아프면 말을 못 하니까.

맞아서 피가 나도 말을 못 했어. 무서워서.

머리에서 피가 나도 닦아주는 사람이 없었어.

그 피가 내 얼굴을 지우는데도.

나 말 안 하고 싶어, 나 말 안 할래…….

오늘은 누가 날 찾아올까.

사람에게는 사람이 찾아와야 하는데.

나무에 새가 앉아 있지.

어디서 날아왔는지 모르지만 새는 날아가겠지.

날아가는 게 새들의 일이니까.

저 새가 없으면 저 나무도 없어.

조금 있다 날아가겠지만.

나는 나 하나…….

나 하나니까 맘 놓고 말했어. 나 혼자 부끄럽고 말
면 되니까.

엄마, 아버지가 있었으면 말하기 힘들었을 거야.

어떤 이*는 엄마, 아버지가 살아 계실 때는 말을 못

했어.

돌아가신 뒤에나 말했어.

엄마, 아버지 무덤에 대고.

군인들에게 붙들려 갔었다고,

오늘에야 처음 말한다고.

노래를 가르쳐줄까, 술 빚는 걸 가르쳐줄까.

노래 부르면서 술 빚는 걸 가르쳐줄까.

내가 빚은 술이 특별히 진하고 맛있다고 했어.

시지도 떫지도 않게 술을 빚는 게 어려워. 술을 빚
으려면 멥쌀로 밥을 지어야지.

밥이 너무 빡빡해도 안 되고, 질어도 안 돼.

술을 빚으려면 항아리도 있어야 하는데…… 항아
리가 두 개는 있어야지.

항아리 하나에는 약주를 담고, 하나에는 막걸리를
담고.

누룩이 중요해.

누룩은 방앗간에서 팔지.

술 빚는 걸 그 남자 엄마가 가르쳐주었어, 집을 부

수는 남자.

중풍이 들려서 입으로 가르쳐주었어.

술밥은 어떻게 쪄라, 어떻게 식혀라, 누룩은 어떻게 불려라…….

쌀 한 말을 팔아다 술 빚는 걸 익혔어.

그리고 한국전쟁이 났어.

그때 내 나이가 스물세 살.

✦ 일본군 '위안부' 이용수(1928년생).

24

밤도, 낮도 없이.

내가 어디로 가버렸어.

오늘은 나가 두 개네.

엄마는 일곱 개.
엄마는 열 개여도 많지 않지.

잘 주무셨어요?
잘 잡수셨어요?

귀엽다, 예쁘다, 사랑스럽다.
다 싫어, 다 마음에 안 들어.

나 안 할래.

나 밥 줘, 나 우리 집 갈래.

병病은 사람이 이기라고 있는 거야.
시시하게 병에 지면 안 돼.

만나야 해.

(사진을 들여다보며) 이 할머니*는 누구야? 내가 아
는 할머니야? 얼굴은 기억나는 거 같아.
　작년에 돌아가셨어?
　몰라……
　이 할머니가 나를 기러기 할머니라고 했어? 내 이
름이 길원옥이라서?

* 일본군'위안부' 이순덕(1918-2017)의 사진. 길원옥과 '평화의 우리집'
　쉼터에서 함께 생활했다.

얼굴이 예쁘네…… 나보다 두 살 많던가…… 두 살
이 아니라 열 살이나 많아?

백 살까지 사셨어?

아이고, 나는 백 살까지 살게 두지 말고 데려가
셔…….

"기러기 할머니!"

기러기라서 기럭기럭 날아왔어.

여기까지 기럭기럭 날아왔어.

"기러기 할머니!"

25

나는 물고기들 옆에 있을래.

갈 데가 없었어.

그래서 가고 싶은 데를 안 만들었어.

고향 집에 가고 싶다는 생각도 안 하고 살았어. 그 생각을 하면 힘드니까.

사람이 너무 아프면 아프다는 소리도 안 나와. 기도도.

너무 아플 때는 그냥 혼자 중얼거렸어.

아프다, 아프다 중얼거렸어.

세상 사람들이 겪는 아픔하고 내 아픔은 아무래도

다르니까.

사람들에게 말한다고 아픈 게 낫는 것도 아니니까.

그래서 나는 일흔한 살이 되어서야 말했어.

26

나는 눈을 감고도 노래를 불러.

슬픔에 잠긴 사람에게는 「찔레꽃」을 불러줄래, 슬픔이 없어지게……

노래가 슬프네.

찔레꽃이 슬픈 걸까, 노래하는 내가 슬픈 걸까.

슬플 때 노래하면 힘들어, 더 슬퍼지니까.

「창부타령」을 불러볼까, 한없이 긴 노래.

긴 노래는 아무 때나 나오지 않지, 흥이 날 때나 나오지.

나 안 잘래, 물고기하고 놀래.

저건 하늘이 아니라 구름이야.

전부 구름이야.

기억에 남는 건 하나.

열 개여도, 백 개여도, 천 개여도 기억에 남는 건 하나.

그 하나가 뭔지 몰라.

나는 우울할 일이 없어, 슬플 일이.

빨간 거,

빨간 거 먹었어.

노래가 나오지 않을 때가 있어,

부르다 노래가 싹 끊어질 때가.

나 귀도 살짝 먹었나봐. 남들 말하는 소리가 잘 안 들려.

나 심심해.

나 삐질까?

(2층으로 난 나무 계단을 바라보며) 복동 할머니[*]가
나보다 두 살 많을걸…….
　복동 할머니 얼굴이 어떻게 생겼더라…….
　복동 할머니가 바다가 그립대?

(어둠 속에서 계단 난간을 붙들고. 그녀의 발은 자꾸만
계단에서 미끄러져 허방을 짚는다.)

"복동 할머니!"

"복동 할머니!"

　복동 할머니는 계단 위에 살아.
　나는 계단이 무서운데.
　복동 할머니가 아프기 전에는 나하고 세끼 밥을 같
이 먹었어.

[*] 일본군 '위안부' 김복동(1926년생). 김복동과 길원옥은 2018년 현재 '평
　화의 우리집' 쉼터에서 함께 살고 있다.

짝꿍처럼 나란히 앉아서.

나는 계단을 못 올라가. 두 다리가 기둥처럼 굳어서.

새벽에 내가 계단을 올라가려고 했대. 복동 할머니 만난다고…….

복동 할머니가 보고 싶었나봐, 아프다니까.

나는 복동 할머니가 그립고,

복동 할머니는 바다가 그립고.

바다는 한 빛깔이 아니야, 여러 빛깔이야.

말을 하고,

나를 더 사랑하게 되었어.

27

창문이 떨리네, 나뭇잎들이 흔들리고……

(한겨울이라 거실 창밖 나무의 가지들에는 나뭇잎이 한 장도 달리지 않았다.)

참새들이 날아다니네.

누가 오나?

누가 와?

군인들이 오나봐…… 군인들이 오면 나 없다고
해…… 우리 엄마가 와서 데려갔다고 해…… 우리 엄
마가 아주 무섭다고 해…… 숨을 데가 없어…… 누가
나 좀 숨겨줘…….

나 좀 숨겨줘…….

지울 수 없어, 아무것으로도.
군인들이 내 몸에 새긴 흔적은, 주름으로도.

28

(젊은 시절 자신의 사진을 들여다보며)

저 사람이 누구야…….
저 사람은 원옥인데.
원옥이가 누구냐 하면 원옥이는 원옥이야.
내가 원옥이에게 말했어.

"원옥아, 가만히 들어가 숨어 있어라."

나 말 안 하고 싶어.

창피하고 부끄러워. 내가 아무리 늙었어도.

여자는 여자니까.

말 안 하고 싶은데 했어.

나처럼 또 당하는 여자애가 있으면 안 되니까.

(젊은 시절 자신의 또 다른 사진을 들여다보며)

"얘, 너 나보다 잘생겼다."

"원옥아, 될 수 있으면 어둠을 바깥에 내놓지 마라.
그저 평화스럽고 좋은 것만 내놓아라."

젊을 때가 좋지.

늙으니까 말을 하다가도 '아, 나잇값을 해야지' 하
고 조심하게 되거든.

"원옥아, 그 고통 속에서 잘 넘어왔다."

"원옥아, 고맙다."

(1987년 1월 18일에 제주도에서 찍은 자신의 사진을 들여다보며)

"저 여자가 나야?"

"원옥이가 파란 옷을 입고 있네."

나는 파란색이 좋아. 파란 옷, 노란 옷, 빨간 옷이 있으면 파란 옷을 입을 거야.
노란 옷, 빨간 옷은 내게 안 어울려.

(1986년 3월 24일에 제주도에서 찍은 자신의 사진을 들여다보며)

저기가 어디야?

원옥이가 웃고 있네.
웃는 얼굴이 억지로 되는 게 아닌데 웃고 있는 걸 보면 웃는 게 본래 원옥이 바탕이었나봐.

29

물고기들이 하나도 안 보이네.

물고기들아 어디 갔니?

어디 숨었니?

잠들었니?

낮에 무슨 잠을 자니?

낮에는 돌아다녀야지.

(빨간 빗으로 머리카락을 빗으며) 머릿결이 곱네. 파마를 안 하니까 머릿결이 고와졌어.

일어나자마자 머리를 감았어.

머리에서 냄새가 날까 싶어서,

오늘은 어디 갈까 싶어서.

나는 흰머리가 늦게 났어.

나는 화장 안 해.

예뻐 보이려고 애쓰지 않았어, 목구멍 팔아먹고 살던 시절에도.

노래는 그저 아무 때나, 아무 데서나 중얼거렸으니까.

나도 사랑하는 사람이 있었을까…… 기억이 안 나네…… 진정한 사랑은 아마 못 해봤을 거야…….

사랑이라는 게 내가 주는 것도 중요하지만 받는 것도 중요해.

때에 따라서 하나 주고 하나 받는 것도 중요해.

둘 주고 하나 받는 것도 중요하고.

새가 우네.

나 시집 안 가.

나 아가씨로 있을 거야.

어제는 노래를 열 곡 불렀어.

노래를 한 곡도 안 부르고 지나가는 날도 있겠지.

노래가 없는 세상은 삭막한 세상, 노래를 안 부르는 날은 삭막한 날.

내가 노래를 안 부르고 지나가는 날이 거의 없을 거야.

30

시작을 알면 끝을 모르고, 끝을 알면 시작을 몰라.
나는 끝, 나는 시작.

나는 죄가 아니야.

나를 누구라고 해야 할까.
나는 원옥이.
원옥이는 밥 먹고 잠자는 사람.
착하지는 못해.
남 보기에 착해 보이면 착한 거겠지.
밥 먹고 잠자는 거밖에 모르니까 게으르다고 할 수

있겠지.

표현을 못 하겠어, 원옥이가 어떤 사람인지.

'몰라요'가 내 이름이야.

나는 아무하고도 싸우고 싶지 않아.

나무하고 나무가, 구름하고 구름이, 꽃하고 꽃이 싸우는 거 봤어?

싸우는 건 나쁜 일이야.

노래하는 건 좋은 일이고.

나쁜 일을 하고 나면 마음이 편치 않고, 좋은 일을 하고 나면 마음이 편하고.

마음이 편해야 밥도 맛있고, 잠도 잘 와. 민화투도 더 재미있어.

나는 혼자 민화투를 쳐. 그게 내 직업이니까.

내 방에 불이 켜져 있네.

누가 켰을까.

원옥이는 원옥이만 알고 싶어.

(물고기들 옆에서) 돌아가셨대? 누가? 안점순 할머니? 그 할머니가 누군데? 내가 아는 할머니야?

그 할머니가 나를 안대?

나를 어떻게 안대?

나는 그 할머니 몰라, 나밖에 몰라.

자식들이 슬퍼하겠네.

자식이 없어? 한 명도?

우리는 어쩌다 자식이 없을까?

그 할머니도 자식이 없고, 나도 자식이 없고…….

내가 나보고 그래.

그런다고 시집을 갈 수 있냐?

그런다고 자식을 낳을 수 있냐?

나는 태어나기를 그렇게 태어난 사람이야, 이 세상에 태어나기를 그렇게…….

내가 나보고 그래.

나는 나 하나야.

세상에 왔다, 아픈 일생을 살고 가네…….

31. 편지

멀리서 편지가 왔어…….

가장 멀리서 온 편지이자 가장 긴 편지.

마시카*의 편지.

✦ 레베카 마시카 카추바. 2차 콩고전쟁이 발발한 1998년 당시 아홉 살
과 열세 살이던 딸들과 함께 군인들에게 강간당하고 남편은 살해
당했다. 강간으로 그녀와 딸들은 임신을 하게 됐고 죽은 남편의 가
족들로부터 쫓겨났다. 이후 그녀는 '경청의 집listening house' 단체
를 만들어 자신과 같은 전쟁 성폭력 피해를 입은 여성들과 그 여성
들이 낳은 아이들을 보살피는 활동을 해왔다. 2002년 '경청의 집'을
'APDUD'(the Association des Personnes Desherites Unies pour
le Development)로 바꾸고 약 6천 명이 넘는 피해자들을 지원해오다,
2016년 2월 2일 말라리아 합병증으로 인한 급성 심장마비로 세상을 떠
났다.

편지에 쓰여 있었어.
한때 죽으려고 했었다고.

그리고 편지에 쓰여 있었어.

혼자가 아니라는 걸 느낄 수 있도록,
부디 저를 기억해주세요.
계속,
존재하도록.✦

하루가 다르게 기억을 잃어가는 내게, 자신을 기억
해달래.
계속,
기도로.

나는 매일매일 기도해.

존재가 뭔지 나는 모르지.
먹는 거면 내가 벌써 알았겠지.
몰라, 나는 모르는 사람.

마시카가 편지에서 나를 자매라고 불렀어.

내가 손을 잡아준 적도 없는데,

머리카락을 빗겨준 적도 없는데.

마시카…… 오늘이 가기 전에 나는 네 이름을 잊어
버리겠지.

✦ 레베카 마시카 카추바가 2012년 4월 26일 일본군'위안부'들에게 보낸
편지의 내용 중 일부 발췌 재구성.

32

나는 나 사랑해.

열쇠는 쇠야.
열쇠 색깔은 쇠 색깔.

나도 세 개, 열쇠도 세 개.
말하자면 내가 열쇠야. 내가 있어야 뭐든 있는 거
니까.

나를 사랑하지 않고 남을 사랑한다는 건 거짓말이
야.

나를 미워할 수가 없지,

내가 나를 미워할 수가 없어.

나를 사랑하지 않고 어떻게 남을 사랑해?

내가 나를 사랑하지 않으면 누가 나를 사랑해?

나 색깔은 사람 색깔.

나 참 행복해, 자고 싶을 때 자고.

살아 있다는 것조차 감사해.

감사해하는 게 행복이야.

운 지 며칠 됐어…….

다 잊었는데, 안 잊히는 게 있어.

내가 기차 타고 중국 갈 때, 남동생이 소리 지르던

게 안 잊혀…….

"누나― 빨리 갔다 와!"

내 남동생 이름은 원도…….

이름이 기억날 때도 있고, 안 날 때도 있어.

기억이 나면 슬퍼…….

남동생이 보고 싶어.

며칠 됐을 거야.

괜히 자다 말고 별안간 생각이 나서 나도 모르게 눈물을 주르르 흘렸어.

우는 여자들에게 눈길이 가. 얼마나 괴로우면 저렇게 울까 싶어서.

누가 죽었어?

나는 못 들었는데…… 못 들었어…… 나하고 동갑인 할머니가 돌아가셨다는데…… 우리 집에도 왔었다는데…… 나하고 놀기도 했다는데.

사람은 흙 색깔.

내 생각에는 그런 것 같은데.

말이 상처를 줘.

입이 상처를 줘.

입을 보고 사람을 가리지.

착한 사람 입에서 나쁜 말이 나올 수가 없지.

누가 죽었다는데, 나하고 동갑이라는데, 내가 잘 아

는 사람이라는데.

기억이 안 나.

나는 손가락이 열 개.

33. 답장

어저께…… 어저께가 옛날이야. 얼마나 먼 옛날인지 모르지만.

어저께가 더 멀까, 어제가 더 멀까.

내일보다 어제가 멀겠지.

나는 내일 태어날 거야.

나머지 날들은 날ㅂ이야, 그냥 날.

엄마, 엄마…… 내일은 노래를 열 곡 부르니까 흘러가던걸.

나는 어제 안 기다려.

조금 있다 갈게.

하루가 참 중요한데,
그걸 알지 못하고 그냥 살아.
그냥 살아.
나 까매졌네…… 나 아무 정신 없어…….

(눈을 감고, 두 손을 무릎 위에 모으고)
안 해…… 안 해…….
이렇게 힘든데 이 나이 먹도록 어떻게 살았을까.
젊을 때는 힘든 걸 모르고 살았어.
모르니까 살았어.

고맙습니다.

고맙습니다.

열심히 살아.

평양은 어때? 대동강이 얼마나 좋아? 평양에도 꽃

이 폈지?

개나리, 살구꽃…… 아이고 좋아라…….

쓸데없이 나이만 잔뜩 주워 먹었어. 먹는 걸 좋아해서 주워 먹다 보니.

오늘이 가장 행복해.

(어항 속 물고기들을 보며) 몸뚱이가 뻬딱한 게 여전히 잘 돌아다녀.

나 그만 우리 집에 가 잘까봐.

오늘은 거울을 안 봤어.

오늘까지 내가 죽지 않은 게 기적이라고 사람들이 말했어. 내 나이가 오늘은 열세 살…… 어제는 아흔한 살…… 한 살…….

나는 나를 사랑해서 죽지 않았어.

나를 사랑해서 오늘날까지 살 수 있었어.

말하고 싶지 않았지만 나를 사랑해서 할 수 있었어.

너도 너를 사랑해.

네가 있어야 내가 있지, 내가 있어야 네가 있고.
그것이 내가 알고 있는 황금률이야.

내가 나를 사랑해야 용서도 할 수 있어.

나를 사랑하는 거…… 그것이 시작이야.

그리고 말해.

군인들이 천사가 될 때까지.

* 일본군'위안부' 길원옥(1928년생)과의 인터뷰를 바탕으로 했음을 밝힙니다.
* 인터뷰가 진행되는 동안 김동희 선생님(전쟁과여성인권박물관 관장)이 함께하였습니다.
* 인터뷰 과정에서 윤미향·손영미·장효정·류지형 선생님의 도움이 있었습니다.
* 손영미 선생님의 석사논문 「생애사 연구법에 의한 일본군'위안부'의 삶 이해」를 참고했습니다.

한 사람의 노래로부터

박혜진

1. 말과 진실

"흙을 땅에 묻어주었어……." 이 문장 하나가 머릿속을 떠나지 않는다. 흙을 땅에 묻었다는 표현은 소설에서 모두 세 번 반복된다. 불현듯 스쳐 지나가는 책 한 권. 장 지오노의 『나무를 심은 사람』이다. 책에는 오랜 시간 묵묵히 척박한 땅에 도토리나무를 심는 노인이 나온다. 한 개의 씨앗은 10만 그루의 도토리나무가 되고 참나무 숲이 되고 마침내 근사한 마을이된다. 인간의 의지는 황무지가 산이 될 때까지 계속되는 반복의 얼굴을 하고 있다. 『군인이 천사가 되기를 바란 적 있는가』를 읽고 왜 『나무를 심은 사람』이 떠올랐을까. 반복의 경이로움 때문일 것이다. 긴 세월 '할머니'들은 황폐한 땅에 도토리 씨앗을 뿌리듯 반복해서 증언했다. 어제의 고통을 말하는 데 오늘을 바치는 일에는 기약할 수 없는 미래에 대한 흔들리지 않는 의지가 필요하다. 지금은 손가락 사이를 빠져나가는 낱낱의 흙에 불과하지만 결국에는 단단한 땅이 될 거라는 믿음으로 생의 멍에를 짊어진 사람들. 최소한의 애도도 못 하고 묻어준 기억, 가슴속에 묻어두었던 이야기, 과거에 묻어두었던 비밀……. 이 소설에서 '묻었다'는 말은 실제적 행위인 동시에 고통과 희망에 대한 상징적 표현인 것이다.

나도 묻어둔 이야기, 그러니까 증언을 기록했던 적이 있다. 열일곱 살 여름방학 때 학내 신문사 활동 중 하나로 일본군'위안부' 피해 생존자인 이용수 할머니를 인터뷰했다. 할머니는 올해 아흔 살이고 나와 만났을 때는 일흔네 살이었다. 16년 전 그날, 복도식 아파트였던 할머니 집 대문은 활짝 열려 있었다. 반겨주지 않을지도 모른다는 생각에 지레 겁먹었던 마음이 열린 대문을 보고 조금 누그러졌던 기억이 난다.

자그마한 개다리소반 위에는 먹기 좋게 잘라놓은 수박들이 서로의 어깨에 의지해 겨우 서 있었다. 어떤 문장으로 말문을 열었더라. 떠올리려 애써봐도 기억은 좀처럼 그날의 전부를 보여주지 않는다. 깊은 한숨으로 시작된 그날과 그날, 혹은 그날이 아니었을지도 모를 어떤 날들에 대한 이야기가 끊어질 듯 끊어지지 않고 계속됐던 것 같다. 낡은 선풍기가 회전하며 만들어내는 투박한 소리만이 무거운 공기를 의식하지 않았다. 그리고 간간이 들려왔던 깊은 한숨 소리. 생각하면 끔찍하다며 눈을 감고 침을 삼키고 호흡을 고르는 와중에도 할머니는 말하기를 멈추지 않았다. 말들의 무게에 비해 너무나도 가벼운 내 존재가 부끄럽고 겸연쩍어 준비한 질문은커녕 무엇 하나 제대로 받아 적지도 못했다.

할머니는 묻지 않은 것도, 아니 아예 질문이 필요 없다는 듯 이야기했다. 그러나 끊어지지 않는 말들의 능동성과 달리 할머니의 동작과 표정은 한결같이 고통의 몸짓을 하고 있었다. 이 두 문장의 간극이 내 머릿속을 어지럽혔다. 증언은 이다지도 고통스러운데 무엇이 할머니로 하여금 증언하게 만드는 걸까. 증언

이란 무엇일까. 그리고 그것을 기록하는 행위는? 이야기가 끝났을 때 할머니는 최근에 찍었다는 학사모 사진을 보여주었다. 자부심 가득한 현재를 보여주는 할머니의 얼굴은 먹구름 걷히는 하늘처럼 극적으로 밝아졌지만 나는 좀처럼 과거의 이야기에서, 할머니의 고통스러운 몸짓에서 나오지 못하고 내내 겉돌았다. 밝지 못했던 건 마음만이 아니었다. 집으로 돌아와서 쓴 기사는 과정이 잘못된 정답 같았다. '위안부', 가미카제 부대, 성노예……. 연쇄하는 팩트들은 틀림없는 사실을 가리키고 있지만 진실은 오히려 한숨 소리, 침묵에 빠져드는 순간의 적요, 이야기와 이야기 사이의 여백, 번복되는 순간의 교차 속에 있을 것만 같았다. 내가 쓴 것은 내가 쓰고 싶은 것이 아니었다. 『군인이 천사가 되기를 바란 적 있는가』를 읽는 순간 그걸 알았다. 그때 나는 '말'을 놓쳤구나. 문학에서 새로운 주체가 탄생할 때 그 자리엔 항상 말이 있었다. 글이라는 지배 도구를 획득하지 못한 자들은 자신의 사유와 기억을 말을 통해 드러냈다. 역사의 가장자리만이 허락되었던 사람들에게 말은 중심을 향하거나 중심을 와해할 수 있는 최선의 언어이자 최대의 무기

였다. 증언에는 증언의 형식이 필요하다. "내가 참으라는 것은 아픔을 참으라는 뜻이지 말을 참으라는 뜻이 아니야." 말을 통해서만 전달할 수 있는 진실이 있다.

2. "내가 노래하면 너도 할래?"

『군인이 천사가 되기를 바란 적 있는가』는 일본군 '위안부' 피해 생존자 길원옥 할머니의 인터뷰에 기반한 증언 소설이다. 할머니는 올해 아흔한 살이다. '위안부' 피해자가 된 것은 열세 살이고 첫 번째 증언을 한 것은 일흔한 살의 일이다. 그러니까 이 소설은 열세 살부터 지금에 이르기까지 78년의 시간에 대한 기억이자 78년을 기억하는 어떤 말, 그리고 그 말의 기록에 대한 이야기다. 서술자 없이 화자의 발언으로만 이루어진 이 소설을 다 읽었을 때 나는 한 편의 노래가 끝난 것같이 생각되었다. 시차의 형식으로 완성되는 돌림 노래처럼 수많은 시차 속에서 채록된 말들은 특정 구절을 반복하며 돌림 노래를 이루고 있다. "누나— 빨리 갔다 와!" "우리 집 주소는 평안

북도 평양시 서성리 76번지……." "우리 아버지 이름
은 길창봉……." 노래의 형식은 길원옥 할머니가 노
래를 잘했다는 사실과도 무관하지 않을 것이다. 노래
는 무엇보다 할머니가 가장 좋아하는 한 가지이고 할
머니의 현실에 잠깐이나마 안식을 주는 위무의 시간
이다. 할머니는 노래를 통해 이야기하고 기억하며 자
신을 표현한다. 할머니의 감정은 반복되는 구절을 타
고 독자들에게 전달된다.

　소설은 적극적으로 노래의 형식을 빌린다. 노래는
비극을 고통 없이 상기할 수 있는 진통鎭痛의 언어다.
"내일 내가 부르는 노래는, 오늘 흘러가버린 노래. //
가만, 누가 들어오네." 이를테면 누가 들어온다는 표
현은 시도 때도 없이 어떤 말의 앞뒤에 놓여진다. 상
처와 고통으로 얼룩진 무거운 말들은 노래 안에서 평
범한 듯 익숙한 듯 가벼움의 형식으로 우리 입에 앉
았다 간다. 무의식적으로 따라하게 되는 후렴구처
럼 고통이 소거된 채 그저 활자로서 읽혀지던 찰나,
아버지가 돌아가신 날마저 군인들과 잠자리를 가져
야 했던 그날 그 방, 문을 열고 그들이 들어오는 장면
이 떠오른다. "누가 들어오네." 익숙한 그 말은 갑자

기 다른 어떤 말보다 무섭고 잔인한 총칼이 되어 가슴 한가운데를 도륙한다. 할머니의 증언을 통해 획득된 정보는 노래의 형식 안에서 익숙함과 낯섦이라는 감정을 동시에 불러일으킨다. 노래를 통해 전달된 할머니의 감정은 이와 같은 재인식의 과정을 통해 다만 정보가 아니라 하나의 경험, 즉 기억이 된다. 증언은 기억의 복구가 아니라 기억의 재생산이다. 재생산되어 사람들 속으로 들어간 기억은 각자의 모습으로 분화해 공동체의 집단적 기억이 된다. 사람들 속으로 들어가는 가장 오래된 방법은 역시 노래다. "좋은 말은 돌림 노래가 되어 떠돌고, 떠돌아야 해."

　문학 장르로서의 증언은 내부의 말인 동시에 외부의 말, 즉 이중의 구조를 통해 진실을 전달한다. 증언은 자기 고백적이라는 점에서 다른 어떤 말보다 내면적 성격을 띤다. 그런 한편 외부를 향해 발화된 목적성 있는 말하기라는 점에서 실천적 성격도 띤다. 『군인이 천사가 되기를 바란 적 있는가』는 안으로 향하는 구심력과 밖으로 향하는 원심력의 공존을 통해 공동체의 기억에 새로운 지형을 만든다. 할머니의 증언을 토대로 재구성된 서사시 형식의 독백 안에는 액자식으로 들어간 특정 날들의 증언이 있다. 이 직접적인 목소리는 길원옥 할머니의 경험을 그대로 독자에게 전달하며 증언 소설의 당사자성을 극대화한다. 한편 할머니가 IS 성노예 피해자 마르바 알-알리코에게 보내는 말들은 바깥으로 향하는 원심력, 즉 우정과 연대의 구조를 취한다. 일흔한 살에 비로소 자신의 삶을 증언하게 된 할머니는 자신에게 결핍되어 있던 우정의 손길을 마르바 알-알리코에게 내민다. 구심력이 과거와 현재를 잇는 종적인 힘이라면 원심력은 할머니와 그 친구들, 그리고 독자들이 연대하는 횡적인 힘이다. 내면과 외면의 경계를 확장하는 사이 할머니들의 죽음을 알리는 소식이 들려온다. 도처에 깔린 죽음의 공간에서 노래는 과거와 현재, 그리고 도래할 죽음을 애도하며 기억의 진폭을 넓힌다. 말들의 돌림 노래는 텍스트를 뚫고 나와 소설을 읽고 기억하는 사람들 속으로 들어간다. 이제 할머니의 말은 작품 밖에서도 존재하는 가능성으로서의 텍스트가 된다. 이 텍스트 위에 기억의 공동체가 세워진다.

샤를르 모롱의 말처럼 화학의 목표가 공식의 창조라면 예술의 목적은 한 객체의 창조다. 과학이 일반

적 법칙을 발견하기 위해 앞으로 나가는 것과 달리 예술은 예외적 존재를 발견하기 위해 기꺼이 뒷걸음 질 친다. 불완전한 개인의 기억에 의존하는 '증언'은 정확한 재현으로서의 기록이 아니라 의지적 재연으로서의 기록이다. '위안부' 피해자가 단 한 명 남았을 때를 배경으로 쓴 『한 명』에서, 이한열의 운동화를 복원해 그 시대에 희생된 열망을 복원한 『L의 운동화』에서, 우리는 개인의 기억이 집단의 기억으로 조직되고 집단의 기억이 개인의 기억으로 해체되는 역사의 재구성을 경험했다. 누락된 개인의 역사가 사회의 역사로 흘러드는 지점에서 김숨의 증언 소설은 화자의 독창적 개별성을 완성한다. 『군인이 천사가 되기를 바란 적 있는가』는 길원옥 할머니의 산산이 부서지고 흩어진 목소리 사이에서 누락되고 소거된 역사의 목소리를 발굴해 낸다. 요컨대 김숨의 소설은 개인의 목소리를 시대의 목소리로, 개인의 유물을 시대의 유물로 만들며 개인의 최대한이자 역사의 최소한이 교차하는 순간에 존재한다. 패배로 기록된 개인의 시간에서 승리의 흔적을 발굴해 내고, 승리한 역사의 기록에서 패배의 단서를 찾아내는 김숨은 고독

한 탐험가이자 외딴 역사가다. 외로 된 이 싸움은 무엇도 정복하지 않지만 모든 것을 전복하고, 누구도 죽게 하지 않지만 모두를 다시 살게 한다.

3. 증언의 황금률

하인리히 하이네의 시 「노래의 날개 위에」는 사랑하는 그대와 아늑한 보금자리로 가고 싶어 하는 마음을 노래하는 낭만적인 시다. 이 시에서 하이네는 "노래의 날개"라는, 지금은 상투어가 되어버렸지만 당시로서는 신선하고 혁신적인 시적 언어를 발명했다. 이상향에 도달하는 수단으로 하필이면 '노래'가 선택되었다는 점이 언제나 내게는 자그마한 신비였다. 노래는 지상의 언어가 아니라 천상의 언어이기 때문일까. 지상의 언어는 현실에 있는 것을 이야기하지만 천상의 언어는 현실에 없는 것을 이야기한다. 없는 것을 이야기하는 천상의 언어를 통해 우리는 미래를 믿고 긍정의 세계에 들어갈 수 있다. 할머니라면 이럴 때 "악마도 신 앞에서 눈물로 회개하면 천사가 될 수 있"다고 말할 것이다. 낭만주의 시인으로 알려져 있는 하이네는 누구보다 격렬한 저항시인이었다. 낭만과 저항이 날개의 양쪽이 될 수 있는 건 바뀔 수 있다고 믿는 낭만적 태도만이 거부하는 힘의 동력이기 때문이다.

김숨의 증언 소설 『군인이 천사가 되기를 바란 적 있는가』는 할머니의 말을 기록함으로써 존재하지 않는, 그러나 존재해야만 하는 이상향을 제시한다. 고백컨대 나는 이 소설을 읽기 전에 증언에 대해 얼마간의 비관적인 태도를 갖고 있었음을 밝혀야겠다. 그 태도에는 어쭙잖은 동정적인 시선도 있었을 것이고 모종의 연민의 시선도 있었으리라. 과거는 바뀌지 않고 미래는 통제할 수 없는데 그 사이에서 외로이 선한 결말을 꿈꾸는 건 자기만족에 지나지 않는 '화려한 고백'이라고 말이다. 그러나 소설을 읽으면서 나는 내가 청자에서 기억자로 바뀌고 있다는 사실을 깨달았다는 것 또한 밝히지 않을 수 없다. 증언 소설에서 독자의 1차적 역할은 듣는 자이다. 나는 듣는 자, 할머니는 말하는 자. 그러나 소설을 읽어갈수록 역할의 경계는 좁혀지고 흐려지고 급기야 없어졌다. 나는 듣는 자이면서 기억하는 자이고 지금은 이렇게 말하는 자가 되어 글을 쓰고 있다. 반복은 더 이상 할머니 혼자만의 일이 아니다. 할머니의 노래에서 반복되었던 구절들이 이 글에서 반복된 것과 마찬가지로 소설을 읽은 당신의 기억 속에서도 반복될 것이다. 집단 기억의 동심원은 할머니의 황금률에 의지해서 더 넓게 퍼져나간다.

말하고 싶지 않았지만 나를 사랑해서 할 수 있었어.
너도 너를 사랑해.

네가 있어야 내가 있지, 내가 있어야 네가 있고.
그것이 내가 알고 있는 황금률이야.

그해 여름 개다리소반 위에서 봤던 수박들처럼 네가 서 있어야 내가 서 있을 수 있고 내가 서 있어야 네가 서 있을 수 있다. 그것은 희망의 황금률이자 증언의 황금률이다. 그리고 노래가 있다. 노래 부른다고 바뀌는 것은 없지만 노래만은 '같이' 부를 수 있다. "물고기들아 잘 자라, 나무야 잘 자라." "내가 하는 건 다 흉 같았어." 한 사람의 돌림 노래가 두 사람의 기억을 재편한다. 혼자 겪은 일이지만 함께 기억하는 것. 그것은 문학이 세상을 변화시키는 방법이기도 하다. "나는 목포는 몰라도 「목포의 눈물」은 부를 줄 알아." 할머니를 몰라도 할머니의 눈물을 부를 수 있으면 된다. 그들의 고통을 몰라도 고통을 노래 부를 줄 알면 된다. 어떤 날은 무심코 흥얼거리고 어떤 날은 슬프게 읊조리기도 하면서 기억의 지형은 넓어질 것이다. 노래가 돌고 도는 사이 황무지는 마을이 될 것임을 믿는다. 작가 김숨은 소설에서 최초의 편집자로 존재한다. 이제 소설을 읽은 우리 독자들이 작가가 건네는 이 한 편의 노래를 이어 부를 차례다. 노래는 계속되어야 한다. "군인들이 천사가 될 때까지".

길원옥 할머니는 빠르게 기억을 잃어가고 계십니다.

방금 당신이 드신 과일도 기억 못 하시는 할머니와
의 대화는 그런데 처음부터 제게 특별한 즐거움과 문
학적 영감을 주었습니다. 보름달이 뜬 밤, 영혼과 영
혼이 야생의 들판에서 만나 이중창을 부르는 것 같은
황홀함을 선물해주었습니다.

'나는 나를 사랑한다'는 할머니.

'나를 사랑해야 너를 사랑할 수 있다'는 할머니.

형언 불가능한 고통스러운 생을 살고도, 인간 안에
선함이 있다는 것을 믿고, 누구나 천사가 될 수 있다
고 믿는 할머니.

가을 하늘의 구름보다 높고 눈부신 자리에 올라 오늘도 노래를 부르는 할머니.

김복동 할머니와의 인터뷰 때도 그랬지만, 할머니와의 인터뷰 때도 김동희 선생님이 함께해주셨습니다.

필요한 순간순간 통역사가 되어주기도 하고, 농담을 즐기시는 할머니와 소통하는 법을 가르쳐주기도 했습니다.

할머니께서는 저를 소설가가 아닌 선생님으로 알고 계십니다. 문득 찾아와 쓸데없는 걸 묻고 또 물으며 당신을 못살게 구는 선생님.

가지 말라던, 그냥 당신 등에 붙어서 자라던 할머니의 모습이 잊히지 않습니다.

오늘도 할머니가 그립습니다.

2018년 여름
김 숨

군인이 천사가 되기를 바란 적 있는가

지은이 김 숨
펴낸이 김영정

초판 1쇄 펴낸날 2018년 8월 14일

펴낸곳 (주)현대문학
등록번호 제1-452호
주소 06532 서울시 서초구 신반포로 321(잠원동, 미래엔)
전화 02-2017-0280
팩스 02-516-5433
홈페이지 www.hdmh.co.kr

ISBN 978-89-7275-903-4 03810
     978-89-7275-905-8 (세트)

* 책값은 뒤표지에 있습니다.